ドアを開けたら

大崎 梢

祥伝社文庫

ドアを開けたら　目次

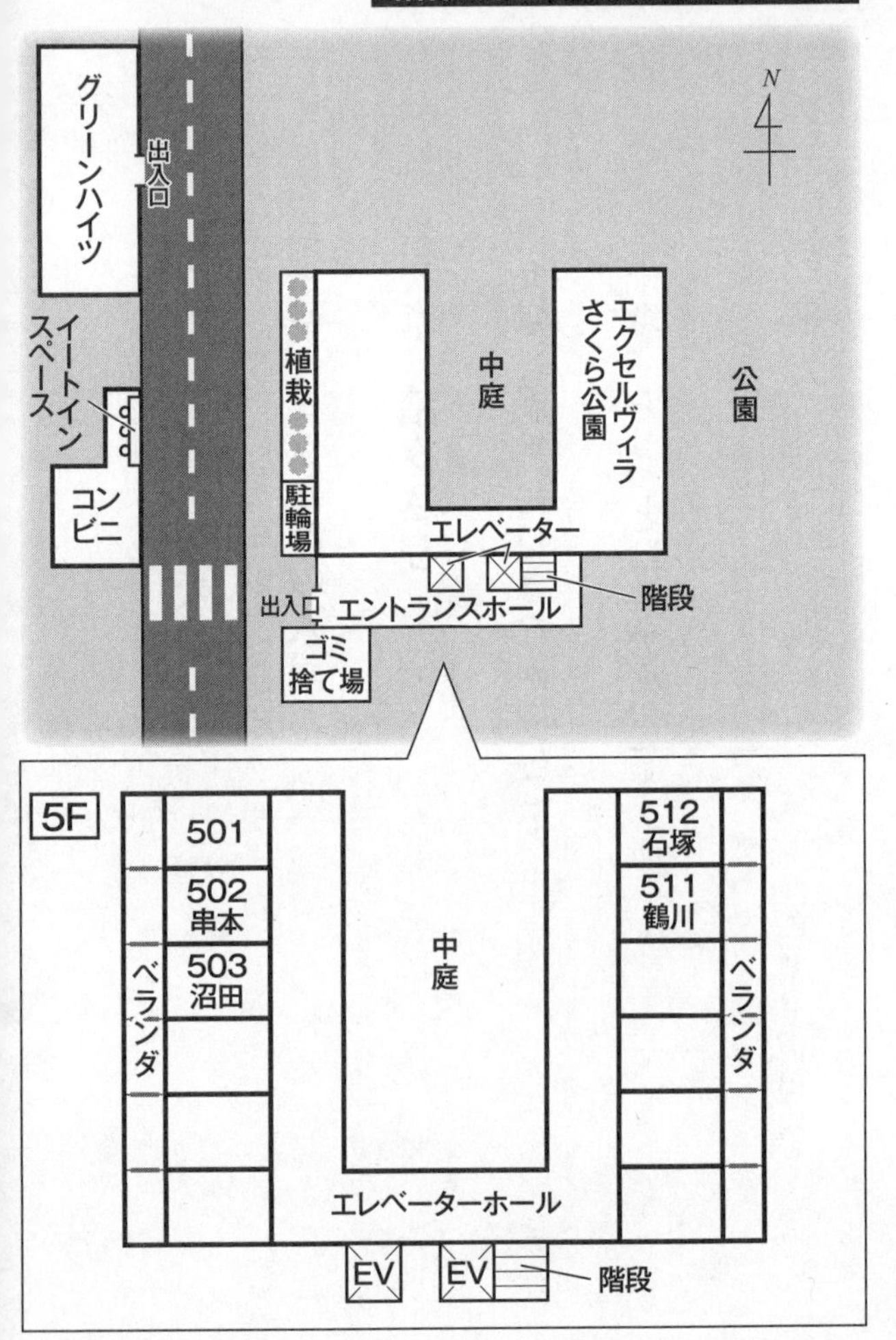
佑作の住むマンションと周辺図
N
グリーンハイツ
出入口
イートインスペース
コンビニ
植栽
駐輪場
中庭
エクセルヴィラさくら公園
公園
エレベーター
階段
出入口
エントランスホール
ゴミ捨て場
5F
501
502
串本
503
沼田
512
石塚
511
鶴川
ベランダ
中庭
ベランダ
エレベーターホール
EV
EV
階段

第一章　まずはチャイムを押してみる

つけっぱなしのテレビから、お笑いタレントの笑い声が聞こえてきた。鶴川佑作はリモコンを摑んで「切」のボタンを押す。たちまち部屋は静寂に包まれた。壁に掛けた時計の針は九時二十分を指している。

この時間ならまだいいか。

つぶやいて食卓の上にリモコンを置く。かわってカメラ雑誌を手に取った。

ここしばらくの日課はもっぱら部屋の片付けだった。今日は雑誌の整理と決め、本棚や押し入れから引っ張り出して仕分け作業に没頭した。手元に残すか処分するか。ほとんど捨てると決めているのにいざとなると判断が鈍る。迷ってページを開き、読みふけって時間をロスするのはしばしばだ。

ビジネス書や小説の単行本とは異なり、雑誌は気の向くまま、特集の派手な見出しに誘われて買ったりするので、どうしてこんなものをと首をひねるものもあれば、懐かしさにかられるものもある。日曜大工、ベランダ園芸、ストックおかず、老後の資金作り、英会話入門。このあたりは気恥ずかしくも我がことながら微笑ましい。でも脱メタボをはじめとしたダイエット系は「あちゃー」と声が出る。

昔から贅肉がつきやすい方で、三十歳を過ぎる頃から中年の体型まっしぐら。五十四歳の今に至るまで、腹が引っ込んだためしがない。つまり雑誌の効果を体験してないのに、懲りずに買い続けた。古いのから比較的新しいのまで、二十冊近くはあるだろうか。無駄な出費と言い切るのも虚しいので苦笑いにとどめる。

ダイビングやジョギングの本も、趣味にできたらどんなにいいだろうかと買ってはみたものの、ほぼ夢想で終わってしまった。川沿いの遊歩道をほんの数回、二キロばかり往復したのが思い出のすべてだ。ウエアはまだあるはず。収納ケースのどこかに眠っている。シューズはたしか下駄箱の奥。新しい生活が始まったらもう一度、引っ張り出してみようか。

そんなことを考えながら整理を続けていると、薄い雑誌に目が留まった。表紙を飾るカメラを見て、同じマンションに住む串本英司さんの顔が浮かんだ。借りた物はすべて返したつもりだったがまだ残っていたらしい。

串本さんは七十歳をいくつか過ぎた高齢の男性だ。佑作と同じくひとり暮らしなので、気安く行き来させてもらっている。九時過ぎならば真夜中という時間ではない。まだ起きているだろう。玄関先で手渡すだけだ。

三月の初旬、外はまだ寒いが同じ階なので上着はいらない。佑作の住むマンション「エクセルヴィラさくら公園」は六階建て、七十二世帯が暮らしている。住所は神奈川県横須賀市。京急線にある最寄り駅まで徒歩七分。東京への通勤が可能という、よくあるファミリータイプのマンションだ。

建てられたのは二十年前なので、分譲当時から住んでいる人がどれくらいいるのかはわからない。佑作のように中古で買って移り住んだ人の方が多いような気がする。串本さんもその口だ。都心に持っていたマンションからの買い換えと聞いたことがある。

まわりを同じような中規模のマンションや一戸建て住宅に囲まれ、日中は子どもの声や宅配便などの出入りがあるものの、夜は無音に近い。住民同士が顔を合わせることもまれで、廊下ですれちがったときだけ会釈すればいい。これと言った厄介ごともなく、通いの管理人が電球の取り替えから掃除までてきぱきこなし、日常はごく穏やかに過ぎていくのだが、多少気が重いのは当番制でまわってくる管理組合の役員だ。

マンション内の自治活動だけでなく、地区の町内会が催す親睦イベント、夏の納涼祭や秋の避難訓練、冬のフリーマーケットなどに手伝いとして顔を出さなくてはならない。数ケ月に一度の側溝掃除も住民の仕事だ。むろんすべてボランティア。当番になった者は万障を繰り合わせて参加し、それ以外の人たちもそこそこやってくる。

慣れないことばかりで面倒くさいが、これによって顔見知りになった人もいる。串本さんもそのひとりだ。雑談を交わしているうちに旅行の話になり、串本さんが撮りためた写真やビデオを見せてもらったのをきっかけに親しくなった。

U字型のマンションで、内側に中庭が設けられている。佑作の住まいはU字でいうところの右の縦棒、東に面した棟にある511号室だ。短い横棒は南に面し、エレベーター二基と階段が設置されている。そこをぐるりとまわって左の縦棒、西に面した棟に串本宅はある。突き当たりのひとつ手前になる502号室だ。

佑作は雑誌を片手に、いつもの調子でチャイムを押した。

返事がない。もう一度押す。しばらく待ったがやはり反応なし。何しろ築二十年のマンションだ。設備の劣化が方々に来ている。チャイムも例外ではなく、ここしばらくインターフォンに交換する家が増えている。串本宅でも聞こえが悪くなっているので、どうしたものかとこぼしていた。ついに壊れたか。

あたりが静かなので控え目にノックをして、失礼は承知の上でドアノブをまわした。串本さんは鍵をかけ忘れることがよくある。

ノブが動いた。ほんとうにかかっていない。そろそろとドアを手前に引き、できた隙間から中をのぞいた。廊下は暗いがリビングルームは明るい。留守ではないらしい。

「串本さん」

小声で呼びかける。返事がない。聞こえないのだろうか。かといって、大声では悪目立ちする。思い切って玄関内に入り、ドアを閉めて声を張り上げた。

「串本さーん！」

リビングに電気がついているのだから、いるにちがいない。風呂やトイレでもなさそうだ。どちらも廊下に面していて、灯りが消えている。そっくり同じ間取りに暮らしているので、勝手知ったるものだ。

何度となく声をかけ、背伸びをして中をうかがっているうちに、静けさが不気味に思えてきた。もしやと不安がよぎり、そこからはよからぬことしか頭に浮かばない。串本さんが独居老人であることはよく知っている。何かあったのかもしれない。

佑作は意を決し、サンダルを脱ぎ捨てた。間取りは3ＬＤＫ。灯りの消えた廊下をゆっくり進む。リビングに続くドアは半開きの状態だった。ドアの向こうに入ってすぐ、左手にあるのが台所で、コンパクトなカウンターキッチン仕様になっている。カウンターにくっつける形で食卓を置くのが定番だ。佑作も串本さんもそうしている。

食卓からベランダまではリビングダイニングルームと称し、広さは十畳ほど。テレビ台やら小ぶりのソファー、座卓などを置くのがやっとだ。隣接しているのが同じくベランダに面した六畳間。押し入れのついた畳敷きの和室だ。ふすまを取っ払いＬＤＫと繋げて広く使っている家も、洋間にリフォームした家もあるが、佑作の511号室も串本さんの502号室も和室のまま。

「串本さん、いるんですか？　鶴川です。お邪魔しますよ」

あらためて声をかけ、リビングに続くドアを開けた。いつの間にか持参した雑誌を胸に抱え込む。暗い廊下にいたので、室内に入ると照明が眩しすぎた。瞬きしてあたりを見まわすと、和室との境目に倒れている人がいた。

どこかで覚悟していた。ついさっきよからぬ想像が頭をもたげたからこそ、履き物を脱いで上がり込んだのだ。お互いにひとり暮らしだから、何かあったら遠慮なく家に入ってほしいと折に触れて話していた。よろしくお願いします、こちらこそと、笑いあったものだ。

その「まさか」が起きたわけだが、佑作は立ちすくむことしかできない。

想像の中では、部屋の住人が倒れて苦しがっていたり、意識がもうろうとしていたりすれば、大急ぎで１１９番に連絡し、救急車に来てもらうという役目を担うはずだった。でも今、目の前の串本さんは微動だにしない。物音のひとつもせず、生きている気配がまったく感じられない。

佑作はすっかり荒くなっていた呼吸を整えてから足を前に動かした。歩み寄り、おそるおそる腰をかがめる。そっと手を伸ばし触れれば、皺だらけの腕はすでに冷たくなっていた。半開きの唇も、胸元で折れ曲がった指先も、不自然な体のよじれも、絶命を物語って余りある。思わず手を合わせた。目をつぶってじっと祈る。死というものを前にしてただただ頭を垂れる。

寂しさや無念な気持ちを呑み込み、次にすべきことを遅ればせながら考えた。事切れているのだから１１９番ではなく１１０番だろうか。

スマホは自宅の鍵と共にズボンのポケットの中だ。取り出そうと立ち上がったところで、ふと気付いた。すぐそばの食卓の上に紅茶のカップが置いてある。ひとつではない。向かい合わせにふたつ。来客があったらしい。誰だろう。カップの中には茶色い液体が残っている。飲みかけの紅茶にちがいない。

お客さんが帰ったあと、食器を片付ける前に串本さんは倒れたのか。どうせなら誰かいる間に具合が悪くなればよかったのに。そうすれば救急車を呼んでもらい、助かったのかもしれない。それとも。

佑作はその場に突っ立ったまま視線をさまよわせた。来客が誰なのか、気になる。ヒントになりそうなものを探して目に留まったのは、リビングルームに転がるスリッパだ。フローリングの床にはラグマットが敷かれ、そこに置かれた座卓の足下にひとつ。ベランダ寄りの場所にひとつ。左右ばらばらに向きを違えて散らばっている。

今までついぞすすめられたことのない濃紺の、見るからに品の良さげな来客用スリッパだった。あれを履いた人物は訪問の用事を済ませた後、元気な串本さんに見送られ、５０２号室を辞したのか。でもふつうならば、スリッパを履いて玄関まで行くだろう。リビングルームに脱ぎ散らかしたりはしない。

ふつうでないことが起きたのか。たとえば、串本さんがいきなり倒れるとか。苦しみ出すとか。

不吉な考えがよぎり寒気が走った。もしも異変を見ながら立ち去ったとしたら、串本さんの死はただの病死ではなくなる、のかもしれない。「変死」という言葉が頭をかすめる。独居老人の孤独死であれば今どき珍しくもないだろうが、不審な点が見つかれば状況は一変する。事件性が疑われ警察は捜査に乗り出す。

我れにかえった佑作の体が半歩、後ろに下がった。それはまずいと、自分の中のもうひとりの自分が囁く。今ここで事件など起きてほしくない。頼むからそれだけは勘弁してくれ。せめてあと一日。明日の夕方まで、誰も通報しないでいてほしい。

再び佑作は手を合わせた。

「すまない、串本さん。一晩だけ待ってくれ。後生だ。これまでの付き合いに免じて、どうか勘弁してくれ」

あとは逃げるように身を翻し、リビングから玄関まで急いだ。自分のサンダルをつっかけ、ドアを開けて外に出る。思わずきょろきょろあたりを見まわした。幸い、人影はない。さっきと同じようにマンション内は静まりかえっている。

早足に通路を進み、静かに慎重に自宅ドアを開けて中に入った。後ろ手で鍵をかけ、体中にたまっていた息を吐き出す。その場にへたり込みそうになったが喉がからからだったので廊下を進み、キッチンで水を飲んだ。見慣れた我が家に目をやれば、たった今の出来事がすべて夢だったような気がしてくる。

悪い夢だ。串本さんと二度と言葉を交わすことができないなんて。このマンションでの、まぎれもなく一番の友人だった。年が二十近くも離れているので、友人はおこがましいだろうか。でも串本さんなら嬉しいよと言ってくれると思う。

偏屈で身勝手という年寄りは多いが、串本さんは気さくで温厚な人だった。結婚の経験がなく、ファミリータイプのマンションを中古で買い、近隣に親類縁者のいない、自分のような中年男にも最初から分け隔てなく接してくれた。一年前に会社を辞めてからは無職になってしまったが、それを聞いたときもどこか愉快そうに目尻を下げて笑うだけだった。

あの笑顔に救われた気がする。目を瞬き天井を見上げてから、胸に抱えたままの雑誌に気付いた。借りっぱなしだったカメラ雑誌だ。しまった。置いてくれればよかった。何をやっているんだか。

明日にしよう。無理にも気持ちを切り替え、佑作は立ち上がった。風呂を沸かしていたことを思い出し、下着の用意をしながらうろうろしていると、玄関のインターフォンが鳴った。

時計を見ると十時に近い。こんな時間に誰だろう。訝しんでいるうちにも再び鳴る。

仕方なく、壁に張り付いた受話器を取った。古い機種なので今どきのように画像はない。

低い声で「はい」とだけ言うと、「鶴川さんですね。お話があります」と返ってきた。

若い男のような声だった。とっさに警察かと身構えたが、「ぼくはこのマンションに住んでいる者です」と話しかけてくる。

「こんな時間にすみません。でもどうしても聞いてもらいたいことがあるんです。開けてもらえませんか」

佑作は無言のまま受話器を元に戻し、とりあえず玄関に向かった。ドアスコープから外をうかがう。見知らぬ男が立っていた。思ったよりもずっと若そうだ。コツコツと今度は控え目にドアをノックする。

粘られるのがいやで佑作はドアを開けた。警戒心を緩めるつもりはなかったが、そこにいたのはほんとうに若い男だった。少年と言ってもいい。大学生か高校生、へたをすれば中学生。その年頃の見分けはまったくつかない。

「こんな時間になんなの」

「すごくだいじな話があるんです」

「だから何？」

少年は頭をひねりマンションの廊下に目を向けてから言った。

「502号室についてです」

佑作はとっさに体を引いた。無防備だったのでポーカーフェイスを装う暇もなかった。さぞかしぎょっとした顔になっていただろう。少年は細く開けていたドアをもう少し広げ、滑り込んできた。

「おい君、ど、どういうつもりだ」

「だいじな話なので誰にも聞かれたくないんです」

「マンションの住人と言ったね。何号室だい。君、名前は？」

狭い三和土に並んで立つわけにもいかず、佑作は踏んでいたサンダルから廊下の縁へと後ずさった。少年はつぶやくように「佐々木」と答える。

「佐々木くん？」

部屋番号は言わない。

「学生かい？」

「高校生です」

身長は百六十五センチの佑作よりかなり高い。横幅は細く、黒っぽいパーカーの下はジーンズだろうか。顔立ちは今どきの若者らしく小作りで、それなりに整っている。他人の家の玄関先に強引に入ってきて、悪びれることなくすっくと立っているところなど、なかなか度胸があるではないか。

「高校生がいきなりなんだい。こんな時間に……」

「あなたが502号室に出入りしているのを見たんです」

佑作はようやく驚くまいという、こういう場での大人としてのふるまいを思い出した。

「なんのことかな?」

「とぼけても無駄ですよ。スマホで動画を撮りました」

少年は唯一手にしていた小さく四角いものを胸のあたりで左右に振った。顔にはうっすらと笑みが浮かんでいた。唇の両端がわずかに持ち上がり両方の瞳が細くなるような、とても感じの悪い笑みだ。

「君が? なぜ?」

「そうすべきだと、とっさに判断したからです。あなたは九時二十八分に502号室に入り、三十八分に出てきましたね。その間、あそこで何をしていたんですか」

こいつは刑事かと内心、突っ込む。笑い飛ばせたらどんなによかっただろう。佑作の意に反して冷や汗があちこちから噴き出すだけだ。

落ち着こう。自分に言い聞かせる。目の前にいるのはどう見ても十代の若者だ。断じて警察関係者ではない。そしてこいつもまた、502号室の異変を知っている。でなければ、出入りする者の隠し撮りなどしないだろう。痛いところを突ける動画を撮ったと、承知しているからこそ、見せつけに来たのだ。いったい何を企(たくら)んでいる?

冷や汗をぬぐう佑作に対して、佐々木と名乗った少年は手にしていたスマホを操作し、四角い画面を見せつけた。そこにいるのは小太りの男で、マンションの通路に立っている。玄関ドアの真ん前だ。そのドアがゆっくり開き、中の灯りが少しだけ漏(も)れる。男の体が屋内に消え、ドアはぴたりと閉じられた。

「こんなもの、いつの間に」

男は自分で、部屋は502号室なのだろう。上階から撮ったのだろうか、斜め上からのアングルだ。

「たまたまですよ。偶然、外にいて見かけたんです」

彼の細い指先が動き、続く動画を表示する。今度はドアが開き、中から出てくる自分がしっかり捉(とら)えられていた。顔もはっきりわかる。ごまかしはきかないということだ。

502号室では串本さんが亡くなっていた。本来ならすみやかに通報がなされ、今頃サイレンと共に、救急車なりパトカーなりが到着していなくてはならない。けれど、相変わらず静かな夜。変死を知りつつも通報を怠(おこた)ったという動かぬ証拠を握られている。

たった今まで、よくしてもらっていた串本さんをほったらかしにしたという良心の呵(か)責(しゃく)に苛(さいな)まれていた。申し訳なさでいっぱいだった。けれどもっと自己中心的に考えれば、無職の自分が遺体のある部屋に出入りしていること自体、差し障(さわ)りがあるのではないか。いや、あるに決まっている。大いにある。

警察は自分に疑いの目を向けるかもしれない。どういう疑いかというと……。

「鶴川さん」

苗字(みょうじ)を呼ばれただけなのに、体がびくんと跳(は)ねる。

「ぼくはこの動画を公(おおやけ)にする気はありません」

「は?」

「誰にも何も言いません。なぜかというと、鶴川さんにお願いしたいことがあるからです」

ぽかんと佑作の口が開く。たぶんとてもマヌケ面(づら)になっていただろう。

「ぼくの頼みを聞いてくれませんか」

「頼み?」

「もう一度502号室に入り、あるものを取ってきてほしいんです」

意味がわからない。この子は何を言っている?

「取引です。今すぐぼくの頼みを聞いてくれるなら、さっきの動画はすべて消去します」

「あるものってなんだい?」

少年の細い喉仏(のどぼとけ)が上下する。

「手帳です。502号室の人のものではありません。玄関か廊下かリビングかに、落ちているはずです。探して回収してきてください」

「君の手帳かい？」

「そう思ってもらってかまいません。もう少し説明するとしたら、ぼく自身が回収に行くつもりでした。でもあなたを見かけ、あなたにお願いすることにしました」

「行けよ、自分で。そんな動画を撮らずにさっさと行けばいいじゃないか。さっきは偶然外にいたと言ったが、ちがうだろ。落とした物が気になってうろうろしてたんだ」

やっと強い声の出た佑作をよそに、少年は憎らしいほどの完璧なポーカーフェイスで肩をすくめた。

「お願いします。取引と言ったでしょ。聞いてくれなければ、あなたにとって不利なことが起きますよ」

「取引ではない。君のやってるのは脅しだ。恐喝だ」

「お願いします」

そらぞらしいまでに丁寧に頭を下げられ、佑作は脱力した。おそらく彼は何かしらの事情があって串本さんの死に直面したのだろう。驚きあわてて、部屋から飛び出した。巻き込まれたくなくて口を閉ざすことにした。ところが後から落とし物をしたことに気付く。あの部屋にいたという彼自身の動かぬ証拠だ。なんとしてでも回収しなくてはならない。

「君は串本さんの知り合いか？」

彼の口元がきゅっと締まる。

「お客さんとして今晩、あの部屋を訪問していたのか。そうだ、あの紅茶は」

「紅茶？」

「テーブルの上にカップが置いてあったぞ。中身もまだ残っていた」

「このさい、詳しい話はお互いにやめておきませんか。ぼくはここで待っています。鶴川さんは今すぐ手帳を回収してきてください。それを受け取ったら、動画はすぐに消します。そして忘れます。あなたもぼくとのやりとりをみんな忘れてください。お互い、その方がいいでしょう？」

ほんとうに高校生だろうか。いやになるほどしっかりしている。そして強引だ。今すぐ出かけるよう、ドアを開けてさあさあと急かす。ほとんど引っ張り出される形で、佑作はマンションの通路に立たされた。「お願いします」という声が囁きに変わる。

少年は玄関にとどまったまま、細く開けたドアから首を突き出し、マンション全体をすばやく見まわした。人影がないのを確かめて、再び「さあ」と顎をしゃくる。

佑作は見えない力に小突かれるようにして歩き出した。数メートル進んだところで、どっちが年上だよとぼやきがこぼれる。同時に高校時代の情けない記憶が蘇った。若かりし頃もよく人に使われた。この場合の「人」は上級生や同級生だ。購買部にパンを買いに行かされるとか、中庭の池に落ちた黒板消しを拾わされるとか、先生の持ち物をこっそり調べるとか。

逆らえば何をされるかわかったものじゃない。すぐに手を出す粗暴な男もいやだったが、裏で人を操る利口な男はもっといやだった。数十年の時を経て、後者のタイプに遭遇するとは。

冗談じゃない。もっともすぎる言葉が喉元まで込み上げた。でもすでに502号室の前だ。

「こうなったら手帳を見つけ、それをネタに仕返しをしてやろう」

どういうふうにかはさておき、大人の恐さを思い知らせるのも年長者のつとめだ。見てろよ。鼻の穴を膨らませ、肩をいからせ、佑作はドアノブに手をかけた。さっきと同じようにすんなり開いてしまう。とたんに腰が引けるも、誰かに見咎められるのを恐れて中に滑り込む。

暗い廊下の奥は数十分前と変わらず明るかった。けれど玄関の三和土に立つ自分の心はすっかり変わっている。廊下の先のリビングがどうなっているか、知っているからだ。足の裏からも指先からも冷気が伝い、全身のゾクゾクが止まらない。思わず傍らの靴箱に手をかけ、ハッとする。指紋！

後々警察が入ることを思うと、この部屋に自分の指紋があっていいのだろうか。またしても冷や汗が出る。串本さんの死に少しでも不審な点が見つかったら、警察は事故と事件の両方から捜査にあたる。指紋の採取は定番中の定番だ。

今に限らずさっきもふつうに動いてしまった。壁やドアノブに触ったと思う。もちろん手袋などしていない。でも、この家には何度となく訪れているので、指紋が見つかってもさして問題にはならないだろう。

大丈夫だ。問題ない。指紋はあっても平気。佑作は自分に言い聞かせ、速くなる呼吸をしずめた。かろうじて当初の目的も思い出す。手帳らしきものを探し、足元をきょろきょろ見た。なさそうだ。意を決し、サンダルを脱いで上がり込む。気は進まないがゆっくり廊下を進む。落とし物は見当たらない。

リビングへのドアを開けるときは何度もためらい手足が固まったが、もしかしたら串本さんはまだ生きているかもしれないと、祈るような気持ちで中に入った。

けれどやはりさっきと寸分違わぬ姿で倒れている。目の当たりにするのは二度目なので、表情まで見て取れる。安らかな最期とは言いがたいが、苦悶の様相と言うほど激しくもなく、苦しい中でふと力を抜いたような静けさを感じる。右手は腹のあたりで握りしめられ、左手は胸元だ。足はもがいたのか、床を蹴ったとおぼしき乱れ方だった。体はよじれながら〝くの字〟に曲がっている。

気の毒に。もしも自分がそばにいたら、背中を撫でさするくらいはできたのに。もともと小柄な人ではあったが、生気を宿していない体はひとまわり縮んでしまったようだ。

その小ささに目が潤み、佑作は瞬きを繰り返した。「串本さん」と呼びかけると本格的に泣けてきそうで、鼻を鳴らして顔を上げた。

相変わらず食卓の上には紅茶のカップがふた組あり、中には紅茶が半分ほど残っている。受け皿には小さなスプーンが添えられ、食卓の真ん中に置かれているのは砂糖壺（つぼ）か。どれも白地に花柄の陶器。

その花柄がふわりと揺れたような気がして息をのむ。とっさにあたりを見回したが、部屋に人の気配はなく、ベランダに面した窓はレースのカーテンに覆（おお）われている。夜間用の厚手のカーテンは引かれていないので、レース越しに外の暗さがうかがい知れる。

床に転がるスリッパもさっきと同じ位置だ。動いていない。

カップに描かれた花も動くはずはないのだ。目の錯覚だろう。どうかしていた。

佑作は串本さんに向き直り、頭を下げた。

「ほんとうにすみません。明日はきっと誰かが見つけますから」

踵（きびす）を返し、すんでのところで思い出す。手帳だ。床へと視線を向ければ、キッチンコーナーへの出入り口に何かある。縦長の茶色の手帳だった。落ちた拍子に飛び出したのか、間に挟（はさ）んであったとおぼしきカードや折りたたまれた紙などいくつかの紙類が露（あら）わになっていた。それごと拾い上げ、あとはもう振り向くことなく玄関へと急いだ。

サンダルを履き、ドアを細く開け、人影がないのを確認してから外廊下に出た。

「遅かったですね」

自宅のドアを開けるなり、狭い三和土に待ち構える人がいた。生意気で強引な鼻持ちならない小僧だが、生きている人間がいてほっとする。もちろん横柄な物言いに腹は立つが。

「そんなにほいほい動けるわけないだろ。あそこは人の家だ。まして、中でそこの住人が……」

「手帳、あったんですね。ありがとうございます」

佐々木少年は躊躇なく手を伸ばしてきた。あわてて払いのけ、くるりと背中を向けて自宅の廊下にあがった。

「ちゃんと見つけてきたよ。これだね。簡単に渡せるもんか」

少年は舌打ちするように顔をゆがめ、おもむろにスマホを取り出した。

「わかってますよ。さっきの動画はすべて消去します。ほら、見ててください」

つっけんどんな物言いと共に画面を佑作に向け、横から操作していく。指の動きがあまりにも早くなめらかで、瞬きしている間にも終わってしまう。

「これですべてなくなりました。約束は守ったので、そちらも手帳をお願いします」

「ほんとうにすべてかい？」

「動画フォルダーを確かめますか。いいですよ。ただし、早くしてください。いい加減、立ちっぱなしは疲れました」

「わかった。ならば、こちらは返そう」

佑作は手帳を差し出した。さっきは茶色に見えたが、正しくは濃淡のグラデーションがついたえんじ色をしている。間に挟まれていた紙類は手元に残した。

「それもですよ。なんで抜くんですか」

「預からせてもらう。今日から一週間か十日か、さっきの動画がどこにも流れてないと確信できたら返すよ」

言いながらこんなものを使うくらいなら床に落ちていた手帳の写真を撮るべきだったと頭がまわる。何をやっているのだろう。だいたい通報だって、この子がやって来たときに、今するところだったと言えば取り繕うことができたのだ。この子の方が手帳という動かぬ証拠を現場に残していた。圧倒的に不利だった。

なんでもっと早くに気付かなかったのだろう。自分のうかつさに歯がみする。

「消去したと言ったでしょう？　ほんとうにもうないです」

「フォルダーから削除しても、自分宛のメールに添付したかもしれない。他にもやり方はいろいろあるだろう。今ここで言い合っても始まらない。数日間預からせてもらうよ。何事もなかったらちゃんと返す。約束しよう」

佐々木少年は初めて、落ち着き払った大人びた態度を崩した。

「困ります。約束違反だ。おかしなことをしないでください」

「こっちだって余計なものを撮られて迷惑してる。先におかしなことをしたのは君だろ」

紙類がなんであるかは、まだ見てないのでわからない。正直、そんなものはいらないと鼻で笑われたらおしまいだった。でも、使えるらしい。ぎりぎりセーフか。

「とにかく手帳は渡した。君の頼み事は聞いたんだ。もういいだろ。帰ってくれ」

今度は追い払う側だ。強い声で言い、紙類を背中に隠した。渡さないぞというポーズを取る。少年はいっそう口惜(くや)しげに睨(にら)みつけてきた。こちらの隙をつき、むしり取るつもりだったのかもしれない。油断ならない相手だ。

もう一度、帰るよう強く言うと、少年はどこかのチンピラのように肩をそびやかして出て行った。

なんという夜だろう。佑作は内側からドアに鍵をかけ、その場でしばらく固まった。気を取り直し部屋に入ろうとしたが、自分の家の廊下と502号室のそれが重なり息苦しい。なんとか足を動かし半(なか)ばまで進んだところで、玄関ドアがノックされた。

引き返してドアスコープからのぞけば、さっきの少年が立っている。片手でどこかをさし示し、しきりに何か言おうとしている。

佑作はバータイプのドアガードをかけてからドアを細く開けた。

「なんだよ。帰れと言ったろ」

「502号室のドアが開いてるんです。さっき、ちゃんと閉めましたか」

「当たり前じゃないか」

「でも開いてるんです。少しですけど。変ですよね」

優等生然としたすまし顔ではなく、ふてぶてしい凄(すご)みもなく、ただただ驚いているように見える。これが演技ならば、さぞかしいい役者になれるだろう。ためらわないわけではなかったが502号室のことを言われると無視できない。

佑作は下駄箱の上に置いた写真立ての裏に、手帳に挟んであった紙類を押し込んでからドアを開けた。

少年は数歩下がったところで待ち構えていた。502号室を指さしながら歩き出す。その後に続くと数メートル手前で声が出た。

「ほんとだ。開いてる」

同一規格のドアはどれもきちんと閉まっているが、ひとつだけ、少し浮いたものがある。

「鶴川さんが出たあと、誰かが中に入ったんでしょうか」

「さあ」

歩み寄って隙間からそっと中をうかがう。物音はせず、ドアガードも使われていない。

どうして開いているかと言えば。

「履き物が挟まっている」

　串本さんのサンダルらしきものが玄関の三和土からはみ出していた。

「ここを出るとき、鶴川さんはちゃんと閉めたんですよね」

「そのつもりだが」

　確かめたわけじゃない。自宅とはちがうので、ドアに鍵をかけられない。

「どうします？　このままにしておいても大丈夫ですか？」

　万が一、中に誰かいたとして、今ここで顔を合わせるのはＮＧかＯＫか。少年も佑作も警察への通報を怠っているという後ろ暗い身の上だ。できれば会いたくない。黙って退散しよう。

　が、しかし、佑作自身が閉めそこねたという線も否定しきれない。もしそうなら、知らんぷりはまずいだろう。

　少年を見ると同意するようにうなずく。佑作はしゃがみ込んだ。片手でドアを押さえつつ、もう片手でサンダルを玄関内に戻す。ゆっくりドアを閉める。きれいに収まるのを見届けたあとは撤収あるのみ。足音を殺して引き返す。少年の身のこなしもすばやかった。

　そして曲がり角まで来たとき、申し合わせたようにふたりの足が止まった。

「君はこのマンションの住民なんだろう？　どこの部屋なんだい？」

「どこでもいいじゃないですか」

「手帳にあった紙類はどうやって返せばいい？」
「ぼくがまた行きます。保管しておいてください」
それきり彼の足はびくとも動かない。先に行けと目で言う。自分の部屋だけ知られ、相手のそれはわからない。不快だったが言い争う気力もなく、佑作は自室に戻った。

その夜は布団に入ってからもなかなか寝付けなかった。九時半に502号室を訪ねてからの思いがけない出来事が繰り返し脳裏に浮かぶ。いつ警察がやってくるかと、気になって耳をそばだててしまう。

ようやくまどろみかけた頃、串本さんとの思い出が穏やかな空気をまとって蘇った。

見せてもらった旅の写真は半端ない量だった。七十歳を超えた串本さんは、三十代後半から積極的に海外に出かけるようになったそうだ。写真は年代順に整理され、ファイルの背表紙には地域ごとの色分けもなされていた。アジア、アメリカ、ヨーロッパ、アフリカ、オセアニア。南極や北極はないよと笑う顔が胸に染みる。

佑作にしても旅の写真につられてお宅に上がり込んだ口なので、そこそこ旅好きな部類だと思っていたが、串本さんの豊富な経験にすっかり気圧された。「すごいですねえ」を連発しているうちに突き抜けた感があって、自分を引き合いに出すことはやめた。串本さんもひけらかすような物言いはしない。

ミュンヘンのクリスマスマーケット、ベトナムはハロン湾のジャンク船、野生の象の群れ、スコットランドの廃城、果てしない砂漠の夕陽。思い出話を楽しげに語ることもあったが、心ここにあらずでぼんやりすることもしばしばだった。

「これだけ行かれるには時間はもちろん、資金だって相当必要でしょう?」

あるとき佑作は尋ねた。何しろ築二十年という年季の入ったマンションに、ひとりで住む老人だ。暮らし向きは佑作と似たようなレベルで、つまりは贅沢せず、三度の食事を含めた身の周りのことはなんでも自分でこなしている。カメラやパソコンに詳しいので、趣味の教室の講師をつとめているが、交通費が出るか出ないかといった程度のほとんどボランティアだ。

訪ねてくる身内は姪御さんがひとりだけ。佑作も何度か顔を合わせた。四十過ぎの真面目で堅そうな、化粧っ気の薄い女性だ。

世界各国をまわって撮ったという膨大な写真は、失礼ながら、今ひとつ串本さんに不似合いに思えた。それでつい、ぶしつけを承知で聞いてしまった。

「もしかして実家が大変な資産家で、かなりの財産を継いでいるとか。はたまたどこかで宝くじをどーんと当てたとか」

串本さんは気を悪くすることなく、手を横に振った。

「そんな夢みたいな話、ないない。仕事の関係でもともと海外に出る機会は多かったんだよ。四十を機に会社を辞めて、自分で商品の買い付けやらなんやらやって、生計を立てるようになった。同じ頃、株も覚えてね。たまたまの運に助けられ、手持ちの資金を増やすことができた。それもこれも独り身だったからできたことだよ。養わなきゃいけない家族がいないから」

佑作が「私もいないんですけどねえ」と口を挟むと、とてもウケたらしく笑ってくれた。

「株って儲かるものなんですか。すってしまうイメージしかなくて」

「そういう警戒心はあってしかるべきだと思うよ。勉強というか研究というか、日々怠らず研鑽を積めば好機にいち早く気付けるようになる。嗅覚も鋭くなる。でも、もっとも肝心なのは引き際だ。これが難しい。欲のために必死に数字を睨み続け、ときには大儲けもするが、足を引っ張るのもまた欲だ。道を誤る人を何人も見てきた。簡単だとはとても言えないよ」

「引き際。それは難しいかもしれませんね」

「私の場合は欲と言っても、目的は旅の資金稼ぎだからね。それも、行けるようなら行ってみようくらいのゆるさだ。今にして思えば、そうした執着心の薄さで大損を免れたんだろう」

聞きようによっては自慢話になってしまうが、写真の詰まった棚を見つめる串本さんの目は、このときもどこか寂しげだった。何十回、いや何百回と異国の地に出かけながらも、旅好きという言葉でくくれない何かを感じさせた。そしてそれは、串本さんと自分との距離を広げるのではなく、どちらかといえば縮めているような気がした。

「お金の使い道が旅というのは実に羨ましい話です。憧れてしまいますよ。次はどのあたりを考えているんですか？」

「残念ながら体調が思わしくなくてね。体が丈夫というのだけが取り柄だったのに、心臓にガタがきてるそうだ。この前、医者にいろいろ脅された。しばらくおとなしくするしかないな。それに、『もういいかな』と思うようにもなった」

「もういい？」

聞き返したが返事はなかった。何が、もうよくなったのだろうか。

詳しい病状についても明らかにしなかったが、部屋の片隅に薬の袋があるのは目に入った。かなりの大袋だった。

心臓の具合がかねてより悪かったのならば、急死の原因もそれだったのかもしれない。だとしたら、ふつうの病死だ。紅茶のカップだのスリッパだのごちゃごちゃ考えず、通報すればよかった。

明日。

佑作は布団の中でつぶやいた。

通報しよう。ちゃんとしよう。今なら間に合う。さっきの不義理を詫（わ）びられる。
そうだ、明日。
胸のつかえが下りた気がした。ようやく、つかの間の眠りに就いた。

第二章　今度はノックを

翌朝、目が覚めて時計を見ると八時をまわっていた。なかなか寝付けなかった上に、何度となく起きてしまい、朝方トイレに行き、そこからはもう無理だと思っていたのにいつの間にか二度寝していたらしい。

３ＬＤＫの間取りのうち、佑作は北側のひと部屋を寝室として使っている。もうひと部屋はすっかり物置状態だ。ここ一ヶ月、頑張りの甲斐があって片付いてきたが、寝室には捨てるつもりの古い寝具が出しっぱなしなので、それらをよけてベッドから降りた。

洗面所で顔を洗い、タオルの匂いを嗅いでこれならいいかと顔を拭い、洗濯は明日と心に思いながら廊下に戻る。リビングに向かおうとして、昨夜のことが思い出された。

同じ間取り、同じ扉の向こうにあった信じられない光景。あれからどうなっただろうか。考えるより先に体が反転し、玄関へと急ぐ。佑作はドアに肩をくっつけ、耳をそばだてた。聞こえてくるのは子どもの声や足音だけだ。不穏な物音はしない。

慎重に鍵を外し、ドアを細く開いた。外は明るく、鳥のさえずりが聞こえてくる。公園が近いせいか、マンションの中庭にも甲高い鳴き声の小鳥がやってくる。チュンチュンという馴染みの声に誘われるようにして、サンダルをつっかけ通路に出た。U字型のマンションの向かいの棟。ゴミ捨てにでも行くような雰囲気で（あいにく今日はゴミの日ではないが）、５０２号室の様子をさりげなくうかがう。ドアはぴたりと閉じ、いつもとなんら変わらぬ朝を迎えていた。

　ほっとするような、困惑するような、複雑な思いで眺めていると、５０２号室のとなり、通路の突き当たりにある５０１号室から誰か出てきた。カーキ色のジャケットを羽織った大柄の男だ。髪がぼさぼさなところからすると勤め人ではなさそうだ。学生にしては老けている。

　串本さんはなんと言ってたっけ。「よくわからない人」だったか。挨拶しても相手は頭を少し動かす程度で、言葉を交わしたこともないらしい。佑作にしても自宅の両隣について知っていることはごくわずかだ。突き当たりの５１２号室は小学生の男の子がいる家庭で、子どもはともかく両親はどちらも太っている。食料品の買い出しは半端なく、スーパーの大きなビニール袋をいくつも提げているので、すれちがうときはよけるのにひと苦労だ。さぞかし品数の並ぶ、賑やかな食卓なのだろう。

　反対の５１０号室は共稼ぎとおぼしき三十代夫婦で、サイクリングが趣味らしい。高そうな自転車を下の駐輪場には置かず、エレベーターに乗せて自宅に運び入れている。一緒になったときに、「どちらまでいらっしゃるんです？」「三浦半島をぐるりと」、そんな会話をしたことがある。

串本さんちのとなり、５０１号室の男性は背中を少しかがめ、どうやら鍵を掛けての外出らしい。佑作は自宅に引き返すタイミングを逸し、手すり壁の陰にしゃがみ込んだ。ぼさぼさになるほどの量ではないが、髪は寝癖で見苦しいことになっているし、パジャマ代わりのスウェット姿だ。

しばらくして立ち上がると人影はすでになかった。

自宅に戻り、食パンとハムとインスタントコーヒーで朝食を済ませる。何度となくスマホからニュースサイトをチェックした。近所で起きた事件としては、行方のわからなくなった小学生の安否が依然として不明のまま、というのがあるだけだ。マンション内がこんなにも静かなので、当たり前と言ってしまえばそれまでだが、５０２号室の件はまだ明るみに出ていない。

けれど串本さんはたしかに亡くなり、自分は通報を怠った。そして得体の知れない高校生が現れた。あの子は何者だろう。

佑作は眉をひそめて、キッチンとの間に設けられたカウンターに目をやった。無理やり回収させられた手帳から抜き取ったものが置いてある。好奇心よりも関わりたくないという気持ちが強く、ほったらかし状態だった。意を決して立ち上がり手に取る。

折りたたんだ紙切れが四、五枚。写真が二枚。紙製のスタンプカードが一枚。紙切れを広げてみると、公民館で開かれるバザーのチラシらしい。他は中途半端なメモ書きや広告の類だ。写真は、一戸建ての庭先で撮った集合写真が一枚。年寄りから小学生くらいの子どもまで、七、八人いる。紙の古さからして最近のものではなさそうだ。二枚目は真新しい。高い建物から撮ったような風景写真で、こちらには人物は写ってない。

正直、拍子抜けした。高校生は返してほしいとムキになっていたが、顔色を変えるほど特別なものには思えない。本人にとってはちがうのだろうか。スタンプカードも飲食店で配られる、利用ごとに判子を押してもらうタイプのサービス券だ。

彼が何者なのか、手がかりはさっぱり得られず、時計を見ればすでに十時をまわっていた。自分にはもっとすべきことがある。通報だ。

朝起きてすぐ、５０２号室に向かうつもりだった。くくったはずの腹が朝を迎えて緩み、おお、トイレに行こう。我ながら情けない。サラリーマン時代もしょっちゅう優柔不断だの根性なしだの言われていた。ねちねちした小言や恫喝まがいの大声が記憶の淵からよみがえり、目をつぶって呼吸を整える。部長や課長の顔を脳裏から振り払う。今はもう関係のない人たちだ。同僚や部下も。

トイレを済ませ朝食の食器を片付け歯を磨き、スウェットから普段着に着替えると、今度こそ佑作は玄関に向かった。サンダルではなくズックを履いてドアを開ける。踵をきちんと靴の中におさめ通路に出たが、ひょいと視線を向ければ502号室の前に人影があった。

先ほどのぼさぼさ頭ではなく、ジャケットを羽織った若い男性だ。まっすぐ背筋を伸ばし、緊張した雰囲気でチャイムを押す。中からの応答はなかったのだろう。ドア横の窓へと首を伸ばし、室内をうかがおうとする。磨りガラスの上に防犯用の格子がはまっているので何も見えないが、中を気にするということは、どの家でもかまわない訪問販売ではなさそうだ。誰だろう。

佑作は通路を進み、東側の棟からエレベーターホールを通り、西側通路に出た。遠目で見る限り知らない顔だ。ノーネクタイではあるがスラックスに革靴、片手には書類鞄を提げている。オフィス勤めのサラリーマンといったところか。

男性は思案顔で立ち尽くした後、ひとつ手前の503号室のチャイムを押した。そちらからは人が出てくる。佑作もよく知る沼田さんちの奥さんだ。年の頃は六十代後半。

ふたりのやりとりを離れたところから見ていると、ひょいとこちらを向いた沼田さんに見つかった。たちまち「鶴川さん」と手招きされる。「どうかしましたか」と、何食わぬ顔で歩み寄る。

「こちらね、串本さんを訪ねて来たんですって。でも、いないらしくって。鶴川さん、何か聞いてる?」

「何かって？」

「どこかにお出かけかしら。串本さん、長く留守にするときはうちに声をかけてくれるのよ。でも聞いてないから、たまたまお留守なだけだと思うんだけど」

「そうですね。私も聞いてないです」

ふたりのやりとりに、男性は神妙な面持ちでうなずく。よっぽど、そのドアは鍵がかかってないのでノブを回してみたらどうですかと言ってやりたくなるが、のみ込んで別のことを口にした。

「串本さんに何か用事でも？」

「はい、その、私は久保泰之と申します。串本英司さんは親戚なんです。今日は父に代わって、住所を頼りにここまで来ました。どうしても、至急に連絡を取りたいことが起きまして」

言いながら名刺入れを取り出し、一枚引き抜く。沼田さんを見ると「受け取って」と言う仕草をするので、佑作が手にした。

「電話もかけたんですけど繋がりません。もし何かわかりましたらたいへん恐縮ですが、ご連絡いただけないでしょうか」

すかさず沼田さんが下の郵便受けにも名刺を入れておくよう進言した。ここに来た旨も書き添えた方がいいと、年の功とも言えるアドバイスを授ける。彼は丁寧なお辞儀と共に去って行った。

「住所を頼りにわざわざここまでって、どういうことかしら」

姿が見えなくなるなり、ひそめた声で話しかけられる。

「父の代わりにと言ってましたね。年頃からするとあの人の親が、串本さんの甥や姪でしょうか」

「だったら串本さんとこにときどき来ている……りっちゃん、ほら、律子さん。あの人のきょうだいか何か？　ううん。そんなことないわよね。律子さん、ひとりっ子と言ってたもの」

「いとこかもしれませんね」

沼田さんは「何それ」と眉をひそめる。

「串本さんの兄弟の子どもならば、律子さんからすると、いとこになるじゃないですか」

「そういう人がいるの？　ぜんぜん聞いたことがないわ」

「ぼくもわかりませんよ。今、初めて会ったんだから」

「鶴川さんも知らない人なのね。私もよ。串本さんの身内って、律子さんと、律子さんのお母さんだけだと思っていたわ」

　そのお母さんが、串本さんにとっての妹さんだ。大病をして以来、今はほぼ寝たきりの状態で、車椅子での外出もままならないらしい。律子さんはバツイチの出戻りで、パートの仕事をこなしつつ母の世話をしていると、他ならぬ沼田さんから聞いた。

「人の家のことってわからないわねえ」

佑作の手にある名刺をのぞき込み、沼田さんは「ふーん」と鼻を鳴らす。どこを見たのかは察しがついた。誰でもよく知る大手企業名が印刷されている。

「きちんとした人だったものね。律子さんとはずいぶんちがう。ああ、律子さんだって真面目できちんとはしてるんだけど、ほら、いっつも冴えない顔をして、くたびれきってるでしょ」

この手の話題は相づちを打ちにくい。佑作は頭を動かさず、心の中だけで同意した。律子さんは高齢の伯父を心配して世話を焼きに来ているというより、愚痴をこぼしに来ていると言った方がたぶん合っている。

串本さんは頼られたり甘えられたりがまんざらでもないようだった。りっちゃん、律子と呼び方を変えつつ、なだめたり励ましたりして、「うまいものでも食べなさい」と小遣い銭を渡していた。五百円玉や千円札ではない額だ。悪いわと首を横に振り、そんなつもりじゃないのと情けない顔になるのだけれど、彼女は結局受け取る。そんな場面を一度ならず二度、三度と見かけた。

不快に思わなかったのは、彼女がほんとうに疲弊しきっているように見えたから。白髪交じりの髪の毛を後ろでひとつに結び、しゃれっ気のない古びたセーターやブラウスを着て、口紅のひとつもつけてない。硬い表情でうつむきがちに歩くので、マンションの住人を避けているのかと思ったが、管理人さんには挨拶する。沼田さんとも言葉を交わす。佑作のことも串本さんの友人と思ってくれたのか、顔が合うと控えめな笑みを向けてくれる。

本来はもう少し明るい人なのかもしれない。介護の必要な母親をひとりで看るのは、精神的にも経済的にも厳しいにちがいない。

沼田さんはそこからさらに立ち話を続けたいようだったが、足下でにゃあと鳴き声がした。佑作もよく知る沼田家の白猫リリだ。ベランダに設けられた仕切りの下をくぐり抜け、隣家のベランダまで遠征してくる。佑作が見かけたのも串本家でカメラの指南を受けているときだった。

話を切り上げるのにちょうどいい。猫が通路に出ないよう、あわてて抱き上げた沼田さんに会釈して、佑作はすばやく踵を返した。

ほんとうなら502号室を訪ね、ノックをしてドアを開け、部屋に上がり込んで串本さんの亡骸を発見する予定だったが出鼻をくじかれた。沼田さんの見てる前でドアノブはまわしづらい。出かける風を装いたくなって、とりあえずエレベーターで下まで降りる。

もはや、何をやっているのか自分でもよくわからない。「だからおまえは」という叱責が聞こえてきそうで首を竦める。

一階まで降りきると、右目の前がマンションの出入り口だ。エントランスホールの脇に集会室と管理人室と郵便受けが並んでいる。人影はなかった。先ほどの男性はもう帰ったらしい。郵便受けまで歩き、昨夜の高校生を思い出す。佐々木と名乗っていた。このマンションにそういう名前の家はあっただろうか。

ざっと調べたところ、空白の郵便受けもあるが、表示されている苗字の中に「佐々木」は見つからない。やはり口から出任せか。

背後に人の気配がして振り向くと管理人さんが立っていた。佑作より年上で六十代後半とおぼしき、ということはさっきの沼田さんとおそらく同年代の男性だ。てきぱきよく働き、掃除も手抜かりないので充分いい管理人の部類だろうが、沼田さんと同じく話し好きなのでいつもは捕まらないようにしている。今日ばかりは「どうかしたの？」と言いたげな相手に、自ら進んで話しかけた。

「このマンションに、高校生って何人くらいいるでしょうかね」

「高校生？」

たちまち驚いた顔になる。意外な質問だったのだろう。

「幼稚園児や小学生はよく見かけるんですけどね。ジャージ姿で登校している中学生も」

「そうだねえ。なんか用事？」

さらりと、それこそ落とし物でも拾ったようなさりげなさで、佑作はうなずいた。管理人は考え込む顔になり、視線を斜め上に向ける。話し相手としては物足りない住民だったろうが、佑作にしてもここに越してきて早、六年。そのときすでに管理人として働いていたのでいい加減、付き合いも長い。不審がられはしないと踏んだ。

「高校生はそんなに多くないね。今は四、五人かな。二階と、四階と、ああ、五階もかな。この前まで中学生だったけど。みんなそうか」

言いながら佑作の顔を見る。何かと思ったら、「ほら五階」と繰り返される。あんたと同じ階だよ、知らないのかいと言いたいらしい。佑作としては曖昧（あいまい）に首を傾（かし）げるしかない。大人ならば挨拶や会釈を心がけているし、小さな子ならぶつかったりしないよう気を付けている。両者はそれなりに意識するけれど、高校生はたぶん目に入っていなかった。

とはいえ、昨日の彼が同じ階に住んでいるとは思えない。撮られた画像も上からだ。

「いや、探しているのは上の階の子だと思うんですよね。背は私より高くて、幅は細くて、今どきのイケメンのような感じで」

「あれ、男なの？　なんだ、それを早く言ってよ」

言ってなかったか。

「男子高校生で、上の方の階で、背が高くてちょっとイケメンか」

「心当たりありますか」

「うーんと。いるけど、どうだろう」

「いるんですね。ちなみに苗字は『佐々木』だったりしますか」

管理人さんは首を横に振った。ちがうのかと落胆しかけたが、それをさらに否定される。

「北島さんの孫がまさにそれなんだよね。しゅっとしててなかなかかっこいい」

孫？　ならば、苗字が異なる可能性もある。佑作には姉と妹がいるが、ふたりとも苗字は鶴川ではない。

「お孫さんと同居してるんですか」

「そういうの、あんまりぺらぺらしゃべれないんだよね。ほら、うるさい人もいるでしょ。あの子がどうかしたの？　北島さんは学校が近いからよく来るって言ってたけどね」

ということは、同居ではないのか。もっと話したかったが、ベビーカーを押した若い奥さんたちが通りがかり、ベビーカーに乗ってない小さな子どもと共に足を止めた。何か言いたそうにこちらを見る。奥さん三人と子ども数人なので、ただならぬ圧を感じる。佑作にではなく管理人さんに用事があるらしい。

佑作は「また」という雰囲気で軽く頭を動かした。管理人さんも心得たもので、引き留めることなく奥さんたちのもとに歩み寄る。何かあったのだろうか。真剣な顔でさっそくやりとりが始まる。聞き取れないような音量なので、おおっぴらにできない話なのかもしれない。マンション全体のトラブルではないことを祈るばかりだ。

郵便受けから離れてしまったため、その足で、佑作は北島という家を探すことにした。エレベーターで六階まで上がり、まずは西側の通路に出た。ゆっくり歩きながら、一軒ずつ表札をたしかめていく。やけにかわいらしいのもあれば、ローマ字表記のものもある。北島はなさそうだ。

六階は五階に比べ、まわりが明るく見える。突き当たりでUターンすると、東側の通路を急ぎ足で歩く人がいた。

小柄で銀髪のおばあさんだ。忘れ物でもしたのか、途中で足を止めて引き返す。自宅らしきドアの前に立ち、インターフォン越しに何か言う。ほどなくしてドアが開き、差し出されたものを受け取った。笑い声のような明るい声が聞こえる。

行ってきますと言って再び出かけるおばあさん。それを見送ってから閉じられる玄関ドア。佑作も移動したせいか、中の人物が一瞬見えた。

すらりとした細身の男のような気がした。あの高校生ではないか。

エレベーターの前でおばあさんとすれちがった。互いに控えめな会釈を交わす。

表札を見ながら東の通路を行くと、おばあさんの立っていたドアの横に「北島」と。

「ビンゴ」

ためらうことなくドアをノックした。反応がなければ、出てくるまでチャイムを押し続けてやる。意気込んでいるとドアが開いた。

「今度は何？」

　おばあさんがまた戻ってきたと思ったらしい。

　佑作はすかさず「やあ」と顔をのぞかせた。昨夜の高校生が目をむく。

「家、ここなんだね。そこですれちがった人は君のおばあさんか」

「どうして？　なんで」

「上の階だろうとあたりをつけて……」

　言い終わる前にドアを閉めようとしたので爪先を挟んで阻止した。

「往生際が悪いな。同じマンションなら遅かれ早かれわかるよ」

「何しに来たんですか」

　おお。本気で怒っている。それが小気味いい。

「あんなまねをされたら、家くらい突き止めたくなるさ。聞きたいこともあるし」

「帰ってください。迷惑です」

「関わりを作ったのは君じゃないか」

　押し問答をしていると、高校生は通路の左右を気にしながらドアを半分まで開けた。

「入ってください」

　昨日とは逆だ。玄関の狭い三和土に、今日は佑作が立った。小さな勝利を味わう。よしっ。

三和土には使い古された婦人物の小さな靴やサンダルが左右きちんと揃えられ、靴箱の上にはガラスケースに入った木目込み人形が飾られていた。壁に掛かっているのは野山を描いた風景画だ。

ふと郷里の家を思い出す。実家は一戸建てだが、生活感あふれる玄関まわりや廊下に漂う匂いがよく似ている。婦人物の履き物は大きさも色合いも母の持ち物と寸分違わぬように見えるし、木目込み人形も懐かしい。祖母が趣味で作っていた。

「話がしたくて中に入ってもらったんじゃないですから」

いらいらした声が上から降ってくる。高校生は玄関マットの上に立ち、露骨にうんざりした顔で佑作をねめつける。

「昨夜は非常事態だったんです。あなたもでしょう？　あれきりで、互いに関わりを持たないのが一番じゃないですか。わからないんですか」

「君、学校は？　今日は平日だよね。学校に行かなくてもいいの？」

長袖のTシャツにジーンズという、どう見ても私服だ。このあたりは公立も私立も制服があるはず。

「あなたに関係ありません」

「名前はほんとうに佐々木かい？　そう呼んでもいいのかな、佐々木くん」

「呼ばないでください。いい加減にしてください」

「別にいいよ。北島さんに聞こう。管理組合の仕事をしたことがあるから、向こうもこちらを覚えているだろう。さっきもすれちがったときに、にこやかな会釈をもらったんだ。ここの住民として大人同士の付き合いがある」

「ばあちゃんはほんとうに関係ないです。鶴川さん、ここに、因縁（いんねん）でもつけに来たんですか」

　言われてみれば、そういうこともありえるのかと、目の前の高飛車（たかびしゃ）な若造を眺（なが）めながら思った。やられた分だけやり返すとしたら、おそらくきっと、とんでもなく腹黒い仕返しになるだろう。ぎゃふんと言わせたい気もするが。

「因縁ではなく、事前報告に来たんだよ」

　高校生の眉根がきゅっと寄る。

「これから５０２号室に入って、串本さんを見つけて、警察に通報する。半日遅れになってしまったが、串本さんにはなんとか勘弁してもらおうと思ってね」

「どうしてですか。昨日は通報しなかったじゃないですか」

「寝覚（ねざ）めが悪くてさ」

　それだけではない。ここに来るまでの間、誰かが見つけてくれるのを祈る気持ちになりかけていた。高校生宅に押しかけたのも、５０２号室にまっすぐ行けなかったからだ。時間稼ぎというか、先延ばしというか。そして生意気な高校生を困らせたくもあった。

けれどさっきよぎった実家の風景が気持ちを変える。手先が器用だった祖母は人形だけでなく孫たちにズボンやスカートを縫い、五本指の手袋も編み、しまいにはそれを売り物にして家計を助けた。器用でなかった母は、丈夫なのが取り柄と漬物工場で働き、ぐらつく大黒柱を支え続けた。祖父は出稼ぎ先で亡くなり、父は勤め先が潰れて以降、職を転々とし、連絡すら取れなくなるのもしばしばだった。二十年前、多くはないが少なくもない借金を残して他界した。

息子である自分までへたれでは、「鶴川家の男は」という誹りを不動のものにしてしまう。しっかりしよう。子どもをいじめている場合ではない。

「良心が痛むってやつですか？」

「まあ、そんな感じだ」

「ぼくに聞きたいことって？　さっき、そう言いましたよね」

「君と串本さんがどういう関係なのか聞きたかった。昨夜、お客さんとしてあの家に上がったのかどうかも」

相手は口をつぐんだまま目をそらした。答えないという意思表示だろう。何を言っても問い詰める形になってしまう。狭い玄関先がいっそう居心地悪くなる。もうよそう。

佑作は黙って体の向きを変えた。ドアノブに手を掛けると、後ろから「帰るんですか」と声がかかる。

「君にしゃべる気がないなら、しょうがないじゃないか。邪魔したね」

「それで鶴川さんは、本気で第一発見者になるつもりですか？」

「遅ればせながらね」

「避けたい事情があったんじゃないんですか」

「そんな大げさなものではないよ。今思えば、どうかしていた。心配しなくてもいい。君のことは誰にも言わない。手帳の中身も、取りに来れば返してあげよう。いつでもいいから」

大人げなかった。弱みを握られ操られたことも、紙切れの数枚を取り上げたことも。

ドアを開けて外に出ると、そのドアが閉まる前に高校生が追いかけてきた。

「ぼくも行きます」

踵をスニーカーに押し込んで佑作のとなりに立つ。身長差は頭ひとつ分くらいなのに、腰の位置がぜんぜんちがう。

「君が？　どうして」

「ひとりよりふたりの方がきっといいですよ。もしもほんとうに行くのならば」

「行くよ」

六階から五階なので、エレベーターではなく階段を使った。マンション全体では宅配業者の声や子どもの声がところどころで聞こえるが、五階の通路に人影はなかった。５０３

号室の沼田さん宅も突き当たりの501号室もドアはぴったり閉まっている。

足を止める理由は何もなかった。佑作の後ろを高校生がついてくる。やみくもに入っている肩の力を抜きたくて、今日は曇っているねというような、毒にも薬にもならないような言葉を交わしたくて、「佐々木くん」と呼びかけた。「ヒロトです」と返ってくる。

「糸偏に広いみたいな字、トは人という字です」

「へえ。紘人くんか」

話している間に502号室に到着してしまう。佑作はお約束のようにチャイムを押し、中からの反応を待った。何もない。生きている人は誰もいないのだ。続けてノックした。そこでも少し待ち、息を大きく吸い込み、ドアノブに手を伸ばした。まわる。鍵はかかっていない。

昨夜と同じだ。ドアを開けて玄関に身を滑り込ませた。紘人が躊躇したらそのまま置いていくつもりだったが、彼もくっついて中に入る。ドアを閉めた。

靴を脱いで廊下を進む。昨夜の二度目よりかは足取りがしっかりしていると、自分なりに思った。後ろをうかがうと、紘人は神妙な面持ちで視線を左右に向けている。

佑作はリビングへの扉を押し開ける。すっと体温が下がる気がした。指先が震えそうで力を入れる。

見たくない光景が、一歩足を踏み入れた先に見える、はずだった。

でも、何もない。あるはずの串本さんの亡骸が、ない。

背中を押されてハッとしたが、立ち止まった佑作を紘人が怪訝そうな目で見るだけだ。

「おかしい。昨日はここに串本さんが倒れていたんだ」

リビングに入ってきた紘人も立ち尽くす。ふたり並んでフローリングと畳の境目を呆然と見つめた。

第二章　カップ麺(めん)をする

夢でも見ているのかと思った。がらんとした、なんのへんてつもないリビングの床を見つめていると、自分の中身まで空っぽになったような気がする。

ふわふわと浮いているような感覚で、佑作は視線をさまよわせた。ベランダに面したリビングの窓にはレースのカーテンのみが掛けられ、外の風景がほの見える。上半分は雲のたなびく水色の空。下半分はいくつかの四角い建物が不揃(ふぞろ)いに並んでいる。どれも高い建物ではない。高いのは斜め前に建つマンションだが、和室寄りの位置からは見えない。

佑作の住む東側は公園に面しているので、高い建物もなく木々の緑が豊かに生(お)い茂(しげ)っている。開けた視界が気に入って購入した部屋だ。今なお人気物件として中古市場でも値崩れせずに推移している。

向きが反対になる西側の風景は、公園に背を向ける形になるが、こちらにも美点はある。ビルやマンションの向こうに川が流れ、五階ならば土手に植えられた桜を楽しむことができるのだ。

「鶴川さん」

呼ばれてはっとする。紘人だ。半ば、存在を忘れていた。

「串本さんはどこですか」

冷静に尋ねられ、ちがうんだと頭を左右に振った。

「昨日の夜はたしかに、リビングのこのあたりに倒れていた。ほんとうだ。来たときにはもう息をしていなくて、すでに亡くなっていた」

「でも今はないですよね」

うなずくしかない。棒立ち状態でもう一度あたりを見まわした。亡くなったとばかり思っていた人が動き出し、もしかしてどこかに移動しているとか。まさかと思うそばから背筋がぞくぞくする。目の届く範囲に不審なものは見当たらず、ひそかに胸をなで下ろすが、今にも背後から「よお」と肩を叩かれそうで体のこわばりは緩まない。

すっかり固まった佑作をよそに、紘人は腰を落としてしゃがみ込む。前屈みになり、鼻先がくっつくくらい顔を床に近づける。

「何やってるんだい」

「痕がないかと思って。遺体がここにあったという痕跡です」

「こんせき……」

刑事ドラマでしか聞いたことがないようなセリフを吐く。

「それでどう？　何かある？」

「見た感じはないですね」

言いながらスマホを取り出し、今度は写真を撮り始めた。

「昨夜の様子を詳しく聞かせてもらえますか。串本さんは仰向けだったのか、うつ伏せだったのか、頭と手足はどんな感じだったのか」

「頭はベランダの方、和室との境目あたりにあって、足は玄関の方を向いていた。体はよじれながら〝くの字〟に曲がり、顔は上を向いていたから表情は見えた」

身振り手振りを交えて形を伝えた。立ち上がった紘人は、佑作を一歩後ろに下がらせ、自分も同じように少し下がる。遺体のあったあたりに近づかないようにと言いたいらしい。現場保存というやつか。

冷静な彼を見ているうちに、佑作もやっと落ち着きを取り戻す。

「今はなくても、昨日はあったと信じてくれるんだね、串本さんの……ご遺体」

紘人はうなずきはしないが否定もしない。それが返事だと解釈する。遺体の様子をわざわざ尋ねるのは、絶命した串本さんを見ていないということか。

待てよ。手帳はリビングルームに入ってすぐの場所に落ちていた。入ったからには遺体に気付くはずだ。見て、びっくりして、手帳を落としたのではないのか。

「遺体が消えてしまった理由、鶴川さんに心当たりはないですか」

「ないよ、まったく。狐(きつね)につままれてるようだ」

「誰かが移動させたってことですよね」

「なんのために？　どうやって？」

紘人は首を横に振る。

「この部屋で、他に何か変わってることはありますか？」

「他？」

「昨夜と、今とで」

唇を嚙(か)み、首をひねるしかない。しょせんよその家だ。細かな配置を覚えているわけじゃない。串本さん愛用のチョッキは知っているが、座椅子(ざいす)のところに昨夜もあったかどうか、定かでない。

わからないと答えかけて、何の気なしに食卓に目をやって驚く。

「紅茶のカップがない」

紘人は怪訝(けげん)そうに眉をひそめる。

「そこのテーブルの上に、昨夜は置いてあったんだよ。花柄の、高そうなカップ。二客だ。まちがいない。一度目に来たときも二度目に来たときも見た。中に紅茶が半分ほど残っていて、お客さんが来ていたんだと思った。それがない」

テーブルにあるのは隅っこにまとめられた雑誌や老眼鏡の類(たぐい)だ。

「昨日の夜も紅茶がどうのこうのと言ってましたね。鶴川さんが来たあと、何者かがこの部屋に入ったということですか」

「それしか考えられない。カップを片付け、串本さんも動かしたのか」

「カップは今どこに？」

佑作はカウンター越しに流しを見た。シンクにも食器類を伏せる水切り籠にも、紅茶のカップは見当たらない。テーブルの縁をぐるりとまわり、リビングの壁に設置されたカップボードに歩み寄る。普段使いの食器は台所の棚の中だが、見栄えのいい食器類はこちらに納められている。前面がガラス製なので、扉を開けなくても中が見える。

空きスペースはなかった。白磁の砂糖壺や小さなデミタスカップ、濃紺のコーヒーカップの間に繊細な花柄が鎮座している。

「たぶんこれだと思う。しまってあるね」

紘人はうなずき、何を思ったのかカウンターの向こう、台所に入っていく。そして真剣な顔でシンクをのぞき込んだ。

「水滴がほとんどないです。さっき鶴川さん、紅茶が残っていたと言いましたよね。カップボードにしまうなら、その前に洗い流したと思うんですよ」

「なるほど。紅茶を流しに捨てて、水洗いしてから何かで拭き取って、カップボードにしまったわけか」

「水滴の小ささから言って、片付けたのはだいぶ前じゃないかな」

再びスマホを構え、写真を撮り出す。シンクもカウンターもテーブルの上もカップボードも。

「他はどうです？」

「あとは……そう、スリッパだ。昨夜は片方ずつ、てんでんばらばらに投げ出されていたんだよ」

佑作は腰をかがめて床面をのぞき込んだ。あっちとこっち、すぐに見つかる。片付けられてはいなかった。

「スリッパは放置か」

「場所も変わらずですか」

「だと思うけど。はっきり覚えてないな」

記憶はあやふやだ。紘人のスマホが今の状況をしっかり写し撮る。そのあと遺体のあった付近を避け、彼は慎重な足取りで和室に入っていく。佑作もあとに続いた。

串本家も３ＬＤＫという間取りで、玄関そばの二部屋を寝室とスーツケース置き場などに使っている。主な生活の場はリビングルームと和室で、串本さんは和室の壁一面に棚をしつらえ、膨大(ぼうだい)な旅の記録を収納している。パソコンを置いている机や椅子も一角を占めている。

「串本さんは海外旅行と、行った先で写真を撮るのが趣味だったんだ」

「へえ。たしかにすごいですね」

構えていたスマホを下ろし、紘人はゆっくり丹念に部屋の中を眺（なが）めまわす。ところどころにプリントアウトされた写真が飾られているので、それにも目を留める。佑作は紘人の動きをうかがいつつ、机の縁にそっと指を置いた。

パソコン以外にも雑誌や拡大鏡、封の開いたのど飴（あめ）の袋、耳かき、眼鏡（めがね）拭き、サインペン、鋏（はさみ）など、文具や日用品が机や棚にひょいと置かれている。今にも「やあ」と声がしてこの部屋の主（あるじ）が現れそうだ。遺体がなくなったことで、ほんとうは生きてどこかにいるんじゃないかと、あらぬ想像が頭をもたげる。

「串本さんって、元ジャーナリストだったりするんですか？」

「ちがうよ。なんで？」

「世界中どこにでも出かけて行く仕事って、ジャーナリストもでしょう？　ヨーロッパでもアジアでもアフリカでも、何かあればすぐに駆けつけるから。引退したあとはふつうの観光旅行になったかもしれないけど。今でも事件や事故に関心があって、ニュースをチェックしてるのかなって思いました」

彼の指先が机の上に向けられる。雑誌の横、拡大鏡の下に白い紙切れが数枚、重なっていた。一番上は新聞のコピーらしい。自分も串本さんも新聞を取ってない。図書館などでコピーしてきたのか。それとも誰かにもらうか、借りるかしたのか。

「最近のニュースで、串本さんが気にしていたのは……」

思い出そうとして明るい窓辺に目をやると、閉じられた障子の向こうを何かがよぎった。

「今の見た？　すぐそこ。何か動いたろ」

紘人は気付かなかったらしい。首を傾げるだけだ。障子の引き手あたりにはごちゃごちゃと雑多なものが積み重なっていたので、佑作は和室を出てリビングのガラス戸へと急いだ。

カーテンのはじっこをそっとつまんで外をうかがう。おや、鍵が開いている。串本さん、玄関だけでなくガラス戸の鍵もかけてなかったのか。

ベランダには中身のない古びた植木鉢や、乾燥した土だけのプランター、枯れ枝や箒が見えるだけだ。ゴミを入れたとおぼしきスーパーのビニール袋もあり、持ち手のところが風にあおられパタパタと動いていた。

「鶴川さん」

紘人が歩み寄ってくる。

「何もなかった。見間違いかな。ほんの一瞬だったし」

「簡単に片付けないでください。ちゃんと調べたんですか。すみからすみまでしっかりよく見てください」

「え？」

「不審なものはないですか。大きな箱や袋みたいなものですよ」

　中身を想像しかけてぞっとする。再び眺めまわしたが、幸いと言っていいのかどうか、ベランダにあるのはありきたりの小物ばかりだ。

「ないよ、ない。大きなものはない」

「では、家の中のどこかでしょうか」

　足がすくむ。もう嫌だと音を上げたくなる。

「どうします？　今から探しますか。あるとしたら、一番怪しいのは風呂場や押し入れですよね」

「ぼくが調べるの？」

「鶴川さん、第一発見者になると、自分で言ったじゃないですか。そのためにここに入ったんですよね。ぼくは付添人です」

　しゃあしゃあと、生意気坊主は言う。

　待ってくれ。急死して倒れている人を発見するのと、どこかに押し込められている不審な遺体を見つけるのとでは、おぞましさの度合いがちがう。

「探すのは今でなくても」

「このまま帰るんですか」

「そんな目で見るなよ。思いがけない展開で心の準備が……」

にゃあ。

ふいに何か聞こえた。

「鶴川さん、外、ベランダ！」

言われて振り返ればガラス戸の向こうに白い猫がいる。にゃあにゃあと鳴いているではないか。沼田さんちの飼い猫だ。

「さっき和室にいるときに鶴川さんが見たのも、これだったんじゃないですか」

「なーんだ。そうか」

ほっとしたのもつかの間、次の瞬間、危険を知らせるアラートが佑作の脳内に鳴り響いた。

「だめだ。戻ろう。面倒なことになる」

理由を話している暇はない。紘人をせかして玄関までまっしぐら。靴をつっかけ、紘人にもスニーカーを履くよう指示していると、チャイムが鳴った。ドアもノックされる。聞き覚えのある声で、「串本さん」「串本さん」と繰り返す。

このままシカトしたかったが、声の主はちょっとやそっとじゃ引き下がらない。援軍よろしく、マンション内の知り合いを次から次に呼び寄せるかもしれない。大ごとになればいっそう窮地に追い込まれる。

佑作はノブに手をかけドアを開いた。

「串本……あら、やだ、鶴川さんじゃない。どうしたの！」

覚悟していた分、動揺を最小限で抑えられた。

「沼田さんこそ。私はほら、串本さんが気になって来てみたんですよ。試しにドアノブをまわしたら鍵がかかってなくて。玄関まで入り、ここから今、名前を呼んでいたところです。串本さんって」

「返事は？」

「ないんですよ。どうしたんでしょうねえ」

「不用心だわ。鍵のかけ忘れなんて。うちもね、今さっきリリちゃんが串本さんのベランダで鳴き始めたのよ。リリちゃん、中に人の姿が見えたときだけ鳴くの。だからてっきり、帰ってきたんだと思ってすっ飛んできたんだけど。ちがったのかしら」

「気になりますね。入ってみましょうか」

こうなったら一蓮托生（いちれんたくしょう）だ。みんなで探して、場合によっては、みんなで通報して。それでよいではないかと思ったが、沼田さんは難色を示す。

「勝手に上がり込むのはちょっと。顔見知りとはいえ、よそ様のお宅でしょ。おうちの中って一番のプライバシーだし。私ならぜったいに嫌だわ。自分のあずかり知らないところで誰かが中に入るなんて。考えただけで気味が悪い。こういうことってあとあと口さがない人たちから何を言われるかわからないし。慎重になった方がいいと思うのよ」

佑作は「ですね」と、それこそ慎重に相づちを打った。勝手に上がり込んで室内を歩きまわり、写真まで撮っていたと知られたら、まさに沼田さんの開いた口はふさがらないだろう。

「鶴川さんは今、ひとりで中に？」

「いいえ、その、もうひとりいまして」

ドアを開けたところで沼田さんに捕まったので、もうひとりは未だ玄関の中にいる。絶好の機会を与えられ、佑作はさも親しげに紘人を手招きした。

現れた長身の男の子に沼田さんは半歩下がって目を瞬く。

「たまたまそこで会ったので、一緒に来てもらったんです。私もこの子も串本さんにその、ほら、カメラを教わったことがあったりして。まあ、そんな縁もあるんで」

「どなた？」

「えっと」

「もしかして北島さんのお孫さんかしら。そうよね。S高校の二年生でしょ。うちの孫もあそこを狙っているんだけど偏差値が高くって。うらやましいわ、優秀で。北島さんも以前、言ってたのよ。ひとり暮らしだから心細いとこぼしたら、孫がちょくちょく泊まりに来てくれるって。それはもう、嬉しそうに」

なんという人脈の広さよ。彼女には謎の住人などいないのかもしれない。管理人さんとタッグを組んだら向かうところ敵なしだ。

「でも、あなたが串本さんと知り合いだなんて」

未入手の情報に接したような、訝しむ顔に沼田さんがなるので、佑作は話の舵を切ることにした。

「この子のことより、今は串本さんですよ。鍵が開いているのはたしかに不用心です。どうしたものか」

「ええ。そうね。このままってわけにはいかないわ。かといって私たちが出過ぎたまねをするのもよくないし。やっぱり、こういうときは管理人さんかしら」

まっとうな人の考えつくことは、どんなときでもまっとうなのだと思い知らされる。

確固たる信念を持った沼田さんに引きずられるようにして、佑作は管理人室へと連行された。成り行きで紘人もくっついてくる。

エレベーターで一階まで降りると、エントランスホールの真ん中で、管理人さんと制服姿の女の子が一緒にいるのが見えた。女の子といっても高校生くらいだ。しきりに首を傾げたり横に振ったりしている。近づく我々の気配に、話を止めてふたりは振り返る。

女の子の顔にはどことなく見覚えがあった。十人並みより少し整った、かわいらしい部類の子だろう。前髪が長くて全容は明らかではないが。通路ですれちがうくらいはあったかもしれない。まじまじと見返す間もなく、頭を下げて我々の横をすり抜ける。帰宅したところを捕まったにちがいない。逃げるタイミングを計っていたのかも。

管理人さんは新たな話し相手の出現に、女の子をあっさり見送った。佑作にすれば、ほんの小一時間前に（もうそんなに時間が経ってしまったのか。時計を見ると昼過ぎだ）、まさに男子高校生について教えてもらったばかりだというのに、もう一緒にいるのが決まり悪かった。でも逃げも隠れもできない。

素知らぬふりを決め込むと、管理人さんは「ほう」とか「おや」とかいう顔になるだけだ。熱弁をふるう沼田さんがいるのでそれどころではない。

「串本さんですか。そういえば今日は見かけてないですね」

「朝早くから出かけたのかしら」

「鍵のこともありますし。姪御さんに連絡しときましょうか」

「律子さん？」

胸ポケットから取り出した手帳をめくったのち、管理人さんはうなずく。

「ですね。本間律子さん。何かあったときに連絡するようにと、串本さんから頼まれています。携帯電話の番号も教えてもらってるんで」

「よかったわ。すぐかけて。あとまわしにせず今すぐよ」

「はいはい、ただちに。姪御さんが来てくれるまで、それとなく注意しておきます。鍵の件はご内密に」

「ここだけの話ね。もちろんよ。うちも物音には気をつけておくわ。これでひと安心」

少女のように胸を押さえて肩をすくめる沼田さんに、佑作も同意の笑みを返し、紘人もぎごちなくうなずいた。身内に任せるというのは正しい選択だ。串本さんに何かあったとき、身元引受人になるのは親族。律子さんならば、いざというときの心づもりもあるだろう。連絡が入り次第、駆けつけるにちがいない。

そこに昨夜の光景が広がっていたとすれば、悲しい現実ではあるが粛々(しゅくしゅく)と為(な)すべきことが為されただろう。でも今、リビングルームにはなんの異変もない。風呂場やトイレにも串本さんの姿がなければ、いったいどうなってしまうのだろう。

沼田さんはついでだからと郵便受けを見に行く。佑作と紘人が棒立ちになっていると、管理人さんが話しかけた。佑作ではなく紘人に。

「さっきの女子高生、君のところの学校ではないよね?」

紘人は困惑気味に首を縦に振る。

「制服がちがいます」

「だよね。どこだろう。知ってる?」

今度は横に振られる。沼田さんが戻ってきて、三人は来たとき同様、連れだって引き揚げる。エレベーターで五階まで運ばれる。紘人は六階の住人だと気付いたが、沼田さんがうやうやしく頭を下げて西の通路に向かったので、一緒に後ろ姿を見送った。

「よかったら、うちに寄ってくかい？」

まわりを気にしなくていいところに早く入りたかった。話もしたい。紘人は黙ってついてきた。


「ほんとうに何がどうなってるんだろう。さっぱりわからない」

冷蔵庫に入れてあったペットボトルの水を取り出し、佑作はガラスのコップになみなみと注いだ。一気に飲み干す。生き返った心地で息をつき、ダイニングチェアに座り込んだ。思いがけないことが次々に起きて疲労困憊(こんぱい)だ。

紘人にも同じように水を注いでやった。もういっぱい欲しかったら自分で入れるよう、カウンターを指さす。

立ったまま水を飲みつつ、紘人は佑作の部屋をちらちらうかがう。

「間取り、同じなんですね」

「北島さんちと？　ああ、このタイプが多いんだよ。さっきの串本さんちもだ」

「そういえば、そうだったような。部屋ごとに雰囲気がぜんぜんちがうんですね」

マンション内のよそのお宅。佑作も初めて訪問した際、今の紘人と同じように新鮮な驚きに見舞われた。家具とカーテンだけでも印象ががらりと変わるのだ。住んでいる人の個性が如実(にょじつ)に表れる。

「北島さんちはおばあさんの家なんだよね。君のほんとうの家はこの近く？　それとも離れているの？」

「となりの横浜市(よこはま)です」

横浜市は広いのでそれだけでは何もわからないが、声が硬くなったので立ち入ることはやめておいた。沼田さんの話からすれば高校は名の通った進学校だ。佑作ですら聞いたことがある。

「鶴川さん」

名前を呼ばれて顔を向けた。

「もしかして、引っ越しとかするんですか？」

紘人の視線の先、和室の一角に段ボール箱がいくつか積み上げられている。リビングも台所も物がなくて、がらんとしているのを感じ取ったとしたらご明察だ。ほんの数ヶ月前まではテーブルの上もカウンターもテレビ台もごちゃごちゃしていた。

「一ヶ月前に売りに出して、ようやく買い手も決まりそうなんだ。売買契約を交わすまであともう少し」

「へえ。そうだったんですか」

「なるべく荷物を減らしたくて、ここしばらくバタバタしていたよ。今どきは物を買うより処分する方が大変だ。台所のラックやカウンターの下の物入れは、串本さんがほしいと言ってくれたから、引っ越しの当日にあげていくつもりだった」

佑作は顔をしかめ、ひと呼吸置いて「でもしかし」と唇を噛む。

「その串本さんは今どこだ。遺体がなくなるなんて尋常じゃない」

同意を求めるように紘人に向かって「なあ」と声をかけると、彼は素直にうなずく。考える顔になって口を開く。

「どういう理由で動かしたのか。誰が動かしたのか。ですよね。そもそも串本さんが亡くなったのって原因はなんだったんですか」

「原因？」

「病気なのか、もっとちがうものなのか」

俗に言う、死因か。心臓が弱っていたようだから発作に見舞われたと想像している。そう答えようとして、佑作は口ごもった。５０２号室に入ったときから、紘人は佑作に尋ねてばかりだ。室内についても、遺体があった場所についても、紅茶のカップやスリッパについても、初めて見聞きしたように彼はふるまう。

でも果たしてそうなのか。串本さんの死は、昨夜、あの部屋に入った者だけが知っている。そして彼は知っている。でなければあそこに出入りしている人間に気付き、動画を撮り、それが脅しのネタに使えるとは考えまい。死体があると知りつつ通報を怠っている人間がいたからこそ、弱味を握ったと判断した。

大の大人を脅し、いいように使っているようでいて、串本さんの死を知っているのは彼にとっても弱味になりかねない。あの部屋に入ったことを示唆するのだから。

たとえ彼自身が入ってないにしても、別の誰かが入ったということになる。

「君の見立ても聞きたいな。串本さんの最期の姿を見ていたなら、思うところがあるだろう」

とっさに彼は首を横に振る。見ていないと言いたかったのかもしれない。しかし口を開く前に顔つきを変える。野生動物が一瞬にして身構えるのに似ている。

「君はなぜ、ぼくと一緒に502号室に行く気になったんだい？」

「鶴川さんこそ、どうして通報しようと思ったんですか」

質問を質問で返されるが、「関係ない」の一言ではなかったので続けてみる。

「さっきも言ったように寝覚めが悪いとか、良心の呵責とか、そういったところだ」

「ならばぼくもそれにしておきます」

生意気な。しれっとした物言いとすまし顔がとことん小憎らしい。

「おいおい。そんな言い方をされたら、こっちまで口から出任せを言ってるみたいじゃないか」

「ちがうんですか」

　こいつ。

「通報しなかったのは見ての通り、引っ越しのせいだ」

「引っ越しと、良心の呵責？」

「君も知ってるだろうが、最近この近くで、小学生の女の子が行方不明になる事件が起きた。一時期、犯人らしき男が見つかったと大騒ぎになった。警察がとある人物に疑いを向け、何度も自宅を訪問したんだよ。それを見聞きした人が先走り、逮捕目前と噂を広めてしまった。結果的にまったくの空振りだったんだよ。とある人物の潔白は証明された。ところが、何事にもとばっちりとはあるもので、ぼくの家を担当している不動産屋も思わぬ形で迷惑を被った」

　紘人は目を瞬かせつつ、先を促す顔をする。

「警察が何度も出向いたのは川向こうのマンションだ。ネット上に、誘拐犯人の住まいとしてマンション名が載ってしまい、野次馬まで現れるようになった。せっかく契約間際の物件があったのに、そんなところは嫌だと白紙に戻された。犯人でないとわかった後も、悪いイメージはなかなか拭えない。しばらくそのマンションでは売買はむずかしいそうだ」

　くたびれ切った不動産屋の顔が頭をよぎり、思わずため息が漏れた。

「そんな話を聞いていたからね。昨夜、串本さんが亡くなっているのを見たとき、もしも警察沙汰（ざた）になるようなことになったら困ると、とっさに考えてしまった。自分の部屋も売れなくなると」

「誰かが亡くなっていたら警察沙汰になるんですか。よその部屋でも売れなくなるんですか？」

そうではない。あわてて否定する。

「ふつうの病死や老衰ならばちがうよ。ぼくも発見してすぐ110番なり119番なり、電話しようとしたんだ。でも何者かが部屋にいた形跡があり、ほら、紅茶のカップや脱ぎ捨てられたスリッパ、あんなものがあったらまずいんじゃないかと思った。警察はその手の気配に鼻がきくだろう。事件として捜査を始めるかもしれない。そう思ったとき、とばっちりを受けたマンションの話が頭をよぎったんだ」

「でも、何日も経ってしまった方が事件になるんじゃないですか？　老人の孤独死みたいに。どうせいつかは見つかるだろうし」

「その通りだ。だからほんの一晩、昨日の夜だけは勘弁してほしかった。今日ならばかまわないんだ。今日の午後を過ぎてくれれば……」

言いながら、強く自己嫌悪にかられる。自分が饐（す）えた匂いのする漬物になった気分だ。その匂いをふりまいてしまいそうで微動だにできない。紘人が「鶴川さん？」とのぞき込む。口を閉ざすとますます発酵が進み、溶けてしまいそうで、話を続ける。

「さっき、この部屋の買い手が決まったと言ったろ。買うためにはローンを組まなきゃいけない。そのローンの審査待ちだったんだが、無事に通って資金の調達ができたそうだ。今日の夕方、不動産屋で手続きが行われる。もしも昨夜通報し、警察の捜査がただちに始まったら、朝のうちから慌ただしくなるかもしれない。老人の不審死と聞いたら相手は二の足を踏むかもしれない。でも通報が今日の午後以降ならばなんとかなるんじゃないかと、とっさに計算してしまった」

「つまり今日の夕方にある契約を逃したくなくて、昨夜は通報しなかったんですか」

賢い人間はいともあっさり的確に話をまとめる。

その通りだ。

高潔な人間でありたいと思ったことは一度もないが、性根の腐った人間にだってなりたくない。それが、どこでどうまちがったのか。串本さんに申し訳ないのはもちろんのこと、買い手に対してもだますようなまねをするところだった。

「やれやれだよ」

「なんでしょんぼりしてるんですか。大丈夫ですよ。もう昼を過ぎてますよ」

「は？」

「外は静かだし、パトカーのサイレンも聞こえない。もめ事が起きてなければ、夕方の手続きはできるんでしょう？　セーフじゃないですか」

　よかったですねと言われ、佑作は戸惑う。ちっともよくない話をしているつもりだった。

「いやいやいや、契約の前に一度、不動産屋から電話が入ることになっている。『よろしいですよね、そちらは特に問題はないですよね』、というような確認の電話だ。そのときちゃんと話すつもりだった」

「どうしてですか。契約してもらえないと困るんでしょ。なんで言うんですか」

「だから、昨日布団に入ってから、寝覚めの悪いことはやめようと思ったわけで」

「ここを売りたいのに？　事件になったらこれから先、売れなくなるかもしれませんよ。いいんですか」

　答案用紙にまちがった答えを書いている生徒を見るような、あきれきった顔をされ、佑作は座りながら上半身を後ろに引いた。ばっかじゃないの、という声にならない声が聞こえた気がする。

「でも不動産屋はすぐそこなんだよ。今日の午前中、５０２号室を訪ねて警察に知らせていたら、パトカーはただちに来ただろう。丸見えだ。こちらから言い出さなくても、どうかしたんですかと聞かれたに決まってる。そのとき、さすがに嘘はつけない。もう契約のことはいいんだ。串本さんにはよくしてもらった。昨日の不義理を勘弁してもらうためにも、今日は遺体の第一発見者になる。いや、なろうと心に誓った。不動産屋にもちゃんと話すと決めた。なのに」

遺体はなかった。第一発見者になりそこねた。

そのことについて話し合うために紘人を家に上げたのだ。時計を見れば午後一時を十五分も過ぎている。管理人さんはすでに律子さんに連絡を取ったにちがいない。市内に住む彼女が現れるのは早くて一時間後か。遅ければいつになるかわからない。実母の介護もあるし、彼女自身も週何日かパート勤務に出ているはず。

キャッチボールの球が急に消えたようにぽかんとしてから、佑作は自嘲気味に言った。

「馬鹿だな。意気込みは空振りだ。第一発見者にはなれないらしい」

「ですね。串本さんが亡くなったことも、遺体がなくなったということも、鶴川さんは今、誰にも言えない。言ったらおかしなことになりますよ」

今の「ですね」は「馬鹿だな」と卑下した者への、同意の言葉か？

おいおまえと眉間にしわが寄るが、紘人は座らせてもらいますと言って椅子に腰かける。近くで見る顔はにきびもなくつるんとしていて気勢を削がれる。

「このあと姪って人が現れても、見つからない可能性はありますよね」

「まあね。室内に遺体がなければ」

伯父さんはドアの鍵をかけ忘れ、どこかに出かけてしまったと、ふつうは考える。

「もしかしたら今日と言わずしばらく見つからないのかもしれないな。旅好きなのはみんな知っているんだ。姿が見えなくても、不審に思うのはかなり先になってから。そこでやっと捜索願が出されたとしても、どれくらい進展があるやら」

「このままってことがありえるんですね」

人里離れた山中に遺棄(いき)される、あるいは埋(う)められる。何年も経ち、すでに白骨化した死体が発見される、そういった記事ならば珍しくもなく新聞に載っている。

「もしも長いこと見つからなかったら、思う壺(つぼ)かもしれない。運び出した誰かは、うやむやになるのを望んでいるんじゃないか」

「どうしてですか」

「その方が都合がいいんだろう。誰かしらの都合だ。さて、どんな都合だろう」

「事件が起きるとき、動機はだいたい恨みか金銭目的ですよね」

「君の口から、なんでそういう言葉がすらすら出てくるのかな。君、いったい何者だい」

「これくらいふつうですよ」

やれやれ。話が噛み合っているんだかいないんだか。妙に疲れる。

佑作は立ち上がり台所に入った。ちょっと考えてからヤカンで湯を沸かし始める。

「腹が減った。カップ麺でも食べるよ。君もどうだい？　賞味期限がもうすぐ切れるのがあるんだ」

とたんに「え?」と驚いた顔になる。佑作は少し微笑(ほほえ)んだ。すまし顔以外が見られたのがちょっと楽しい。

「カレーとシーフード、どっちがいい?」

ふたつを手に持って振ってやると、「カレー」だそうだ。ほう。生意気でも高飛車でも腹は減るらしい。ヤカンの水を足してカップ麺の外装フィルムを外す。

「そういえば君、ぼくがひとり暮らしだと知っていたんだろ。だから昨夜いきなり、チャイムを鳴らして押しかけてきた。いったい誰に聞いたの? ぼくは君のことをぜんぜん知らなかったのに」

湯を注いで三分を待つ間に尋ねてみた。不利になりそうなことははぐらかす彼だが、この問いにはすぐ答えた。

「一ヶ月くらい前、下の郵便受けから手紙やちらしを取り出していたら、管理人さんと女の人との話し声がしたんです。今思うと５０３号室のさっきのおばさんじゃないかな。『誰かいい人いないかしら』『独身の男だったら五階にいるけどね、ほら、鶴川さん』、みたいな。そのあともふたりは立ち話をして、ちょうどそこに本人が現れたらしくって、大きな声で、『あら、鶴川さん』って。思わず、誰だろうって見ちゃったんです」

言われてみればうっすらと記憶がある。スーパーに出かけての帰り道、エントランスホールに入ったとたん、「あら、鶴川さん」と沼田さんに名前を呼ばれた。なんだろうと思うそばから「ううん、なんでもないの」と言われ、ごまかされる感じだった。

沼田さんのとなりには管理人さんがいて、ふたりが立ち話をしていたのは容易に想像できた。管理人さんはとぼけた顔で「お帰りなさい」と笑いかけるだけだ。ろくな話ではないような気がして頭を下げて通り過ぎた。

ほんとうにどうしようもない話だったらしい。紘人の聞きかじった言葉だけで断言できる。

「他にも何か聞いたんじゃないの？　ダメよ、あの人、失業中だもの、とか」

棒読みのセリフだった紘人とちがい、佑作は多少なりとも沼田さんの声音（こわね）をまねした。それがおかしかったらしく、彼は笑い出した。

食べ頃になったカップ麵に割り箸（ばし）を添えてテーブルに置く。考えてみたら、平日の昼間に学校はどうしたと言える立場でもなかった。自分も平日の昼間に自宅でうろうろしている。自由業でもないのに。ともかくふたりして麵をすする。

「聞いてもいいですか」

半分ほど食べたところで尋ねられた。

「ここを売って、どこかに引っ越すんですよね。行き先は決まっているんですか？」

「まあね。栃木（とちぎ）の、生まれ育ったところに帰るんだ。実家には母親がいるから、そこに転がり込む」

高校生相手に積極的にしたい話ではないが、かっこうのつけようもない。無理して東京の大学を出て、長いこと勤めた会社で、もうここまでかと思うようなことが続き、早期退職を選ばざるをえなかった。尻尾(しっぽ)を巻いて田舎に帰るのだ。

「君のような名の知れた進学校に通う子には、一生縁のない生き方だろうな」

「そうなんですか。って、意味がよくわからないですけど。でもいいです。ごちそうさまでした」

空になった容器がことりとテーブルに置かれる。賞味期限間際のカップ麺で恩に着せるわけではないが、少しは踏み込ませてもらおう。

「こっちからも聞きたいことがある。いいかな」

「すみません。パスさせてください」

「え？」

耳を疑う。

「たった今、君は聞いたじゃないか」

「答える答えないは鶴川さんの自由でしたよ」

「だったら聞かせてもらう。君は串本さんとどういう知り合いなんだ」

彼の表情はぴくりとも動かない。もう一度「ごちそうさまでした」と言って立ち上がる。容器と割り箸をカウンターの上に片付け、ほんとうに帰るらしい。

引き留める気にはなれなかった。すっかりペースに巻き込まれ、振り回されていると認めるのに時間がかかる。玄関まで見送ることもやめ、天井を見上げる。ふたりして雁首突き合わせたところで、どうせ何もわからないのだ。遺体消失という大きな出来事の前に手も足も出ない。

カウンターに目をやって、そういえば手帳の間の紙類を返し忘れたと気付く。立ち上がって一枚の写真をのぞき込み、ああやっぱりとうなずく。どこかの家の庭先で撮られたとおぼしき集合写真に、今より若い北島さんが写っている。傍らに寄り添うのは小学生くらいの男の子だ。顔立ちからすると紘人なのかもしれない。

　そのほかの人物、北島さんと同年代の男性や、四十歳前後の男女、それより年上の年配の女性、中学生くらいの女の子、みんな北島さんの家族なのだろうか。

　紘人が帰った後は不動産屋の件で悶々とした。どういう返事をすればいいのか。正解が見いだせない。紘人の指摘どおり、今の段階でほんとうのことは言えない。やむを得ずという成り行きで契約の締結を待つか。それとももっともらしい理由を付けて、延期を願い出るか。ふたつにひとつだ。

　決められないまま夕方になり、不動産屋から電話があった。やけに恐縮した声だったのでまさかと思ったが、先方から急に数日延期したいと連絡があったそうだ。理由を聞くと、あてにしていた親からの生前贈与がここにきて怪しくなったとのこと。それを頭金にしてのローン申請だったので、はっきりするまで待ってほしいとの申し出だった。

不動産屋からはすみませんと繰り返され、保留の期限を区切って、それ以降は別の購入者を探しましょうと提案された。お任せしますと言って電話を切る。

本来だったらがっかりしたり不安にかられるところだが、今日ばかりはソファーに腰を下ろしたきり、しばらく動けなかった。神さまの思し召しというやつだろう。誰かに見られている錯覚すら覚える。

部屋のあちこちに置かれた段ボール箱をうつろな思いで眺めていると、チャイムが鳴った。はじかれたように立ち上がりインターフォンに出てみると沼田さんだ。律子さんが来たの、と。

それでどうなったのかを言わないので仕方なく玄関に向かった。ドアを開けると、じれったそうに足踏み状態の沼田さんがひとりで立っている。

「りっちゃん、仕事の手が空かなかったみたいで、今さっきやっと来たのよ。私、廊下にいたもんだからばったり会って」

気になってうろうろしてたのだろう。

「早く様子を見てきてと言ったら、りっちゃん、おびえてしまうし。よっぽど管理人さんを呼んでこようかと思ったんだけど、さすがに腹をくる感じで、いいです、ひとりで大丈夫ですって。それで今、部屋に入っていったのよ。私、どうすればいいのかしら」

佑作は通路に出て５０２号室のドアを凝視(ぎょうし)した。ぴたりと閉め切られたままだ。中はどうなっているのだろう。律子さんは今、あの部屋でどうしている？

一緒に来てと沼田さんに引っ張られ、通路を進む。ぐるりと回って沼田さんちを通り過ぎればとなりは串本家だ。

中から物音はしない。漏れ聞こえる声もない。トイレや風呂場で変わり果てた姿が発見されたのではなさそうだ。

「鶴川さん、チャイム押して」

噛みつくように言われ、気が進まないながらも押した。返事を待たずに沼田さんがドアを叩く。

「律子さん、律子さん、私よ。おとなりの沼田」

ややあって、カチャリと鍵の外れる音がした。そうか、今は鍵がかかっていたのだと佑作は目を瞬く。

５０２号室のドアがゆっくりと動いた。内側から外に向かって。中にいる人の手によって。隙間が少しずつ広がり、人影があらわになる。

「りっちゃん、どうだった？　串本さんは？」

化粧っ気のほとんどない見慣れた顔に通路の照明が当たる。ふたつの目は潤(うる)んで揺れ、血の気がなく白っぽい唇はわなないていた。

「伯父さん……伯父さん」

「どうしたの。ちゃんと言って。串本さん、どうしたの」

「倒れてて。もう、息をしてなくて」

見つかったのか。

沼田さんは片手で顔を覆い、もう片手を律子さんに差し伸べた。

「お気の毒に。お元気だったのに。こんなに急に」

涙声につられて律子さんも涙をこぼす。それを拭いながら何度もうなずく。

「たった今、伯父のかかりつけのお医者さんに電話をしたところです」

「お医者さん？」

「もしものときは電話するよう、伯父さんから言われていたので」

「そう、しっかりしてる。えらいわ。あなたがちゃんとしなきゃね」

ふたりのやりとりに佑作は一言だけ口を挟(はさ)んだ。

「串本さんはどこにいたんですか」

律子さんはひとしきり目元を拭い、洟(はな)をすすってから言った。

「リビングです。リビングに倒れてて」

え？

そこには何もなかったはずだ。

遥か彼方からサイレンが聞こえてくる。立ち尽くしている間にもだんだんそれは近づくが、マンションの前で止まることなく通り過ぎる。

遠ざかる音を聞きながら、佑作は開け放たれた502号室のドアを見つめた。

第四章　さっぱりわからない

あったものがなくなり、なくなったものがある。串本さんの遺体だ。

佑作は夢の中を漂っているような浮遊感に浸った。めったにない感覚なのに、味わうのは今日だけで二度目だ。昨夜の九時過ぎにここを訪れ、リビングルームに倒れている串本さんを見つけたときも、悪い夢を見ているような気がしたが。

「鶴川さん」

名前を呼ばれてハッとする。沼田さんだ。

「とにかくこのことを管理人さんに知らせてきて」

「このことって……」

聞き返したとたん、ねめつけられ肝を冷やす。

「今の話、聞いてなかったの」

その通りだ。何しろとても混乱していて。

「すみません。串本さんが亡くなっていることですね。ああ、そうだ、警察への通報は？

救急車でしたっけ。さっきサイレンが聞こえましたが、あれはちがったんですね」

「もうすぐかかりつけのお医者さんが来るのよ。先に警察に知らせるといろいろ厄介なことがあるんですって。それは私も聞いたことがあるわ。かかりつけのお医者さんなら本人の持病とかもわかっているでしょ。突然のことがあったときに、最期まで手を尽くしてくれるのよ」

おしまいの方は耳元で囁（ささや）かれた。声はひそめられていたが、佑作の首根っこを摑むくらいの力があった。

「だから早く、管理人さんとこに！」

背中を押されるようにして一階まで急ぎ、掲示板の貼り替えをしていた管理人さんを捕まえ、事の次第を話した。最悪の事態も考えていたようで、亡くなったことに関しては、残念だねえとすぐ返ってきた。寂しくなるよとため息をつく。そして警察ではなく、かかりつけ医に連絡した点は目を丸くしていた。佑作のように、よくわからず訝（いぶか）しんだのではない。

「さすがだなあ、串本さん。いざってときのことを考えなきゃいけないと思っていても、ついつい先延ばしにしてしまうもんだ。ほんとうにしっかりしている。律子さん、いい伯父さんを持って助かったね」

「そうなんですか」

「かかりつけ医がいればその場で遺体を診て、病死ならば病死と死亡診断書を書いてくれる。話が早いんだよ。いなければ警察のお世話になる。事件性がないかどうか、調べるところから始まるんだ。事件性ってつまり、病死ではない死だよ。それを疑われるんだから、まわりにとっては厄介この上ない」

佑作は神妙な面持ちで耳を傾ける。馴染みのない話だった。

「鶴川さんの身内はみんな病院で亡くなっているの？」

「今思えばそうですね」

「病院ならば医者がいて、死亡診断書がすんなり出てくるからね。ありがたみを感じることもないだろうが、それ以外はほんと一筋縄ではいかないんだ」

「でも、自宅での急死って珍しくないでしょう？　脳溢血や心臓麻痺はよく聞きますよ」

「息があれば病院に搬送される。それならばいいんだけど」

あくまでも場所か。亡くなった理由が同じでも、病院外だと大変らしい。

とりあえず管理人さんに話を付けておけば、医者の乗った車が到着したときに、駐車場などの便宜を図ってもらえる。よろしくお願いしますと言って五階に佑作は戻った。

エレベーターを降りてすぐ、話し声が聞こえてくる。ふだんが静かなので何かあったのかと怪訝に思うが、あったのはまさしく５０２号室だ。ドアの前が騒がしい。律子さんや沼田さんに加え、もうひとりいる。

402号室の加々見さんだ。かなりの古株で、串本さんより年上。四年前、佑作と串本さんがマンション内の理事になったとき、一番の大役である理事長を引き受けてくれた。それ以来の顔見知りだ。

用事があって502号室を訪ね、状況を知らされたのだろう。すっかり白くなった眉毛を寄せて、「とんだことになあ」と繰り返している。同年代の訃報は若い者よりこたえるにちがいない。歩み寄る佑作に気付き、手招きするように腕を振る。

「串本さんが」

「ええ。びっくりしました」

「もう知っているのか。早耳だな」

たまたまですよと佑作は控え目に応じた。となりに立つ沼田さんには、管理人さんに知らせたと報告する。その沼田さんも少しは落ち着いたのだろう。穏やかにうなずいてくれた。

「部屋の中には?」

入らないのかと暗に言う。沼田さんも律子さんももじもじする。

「今は触っちゃいけないでしょ。たしか、お布団もかけちゃいけないのよ。そう思うと……ねえ。お医者さん、もうすぐ来るだろうから。そのとき一緒に入れば」

沼田さんの言葉に、律子さんは泣きそうな顔でうなずいた。ただでさえ影の薄い人が、身を屈め肩をすぼめている。遺体が不自然な形で横たわる部屋に入るのは気が引けるのだろう。自宅ならまだしも、律子さんにとってもここは親戚の家だ。

「急なことだから脳溢血とか心臓麻痺かしら。今、そんな話をしていたの。串本さん、最近の検査で思わしくない数値があったんですって。本人も気にしていたみたいよ」

横から加々見さんが「そうか」と深くうなずく。

「健康面に不安があったのか」

沼田さんが「何か聞いてます？」と尋ねるが、加々見さんはそれきり視線をあさっての方向に彷徨わせた。

立ち話をしているとマンションの住人がひとりふたりと各階を行き来する。中には物言いたげに足を緩め、視線を向けてくる人もいるが声を張り上げるようなまねはしない。何かあったとき、しばらく様子見というのが集合住宅においての賢い暮らし方だ。

佑作は人の気配がするたびに目を向けたが探す顔は見当たらない。やがて通路の向こうに人影が現れ、それが串本さんのかかりつけ医だった。

医者と律子さんが室内に入るのを見届け、隣人たちはその場で解散となった。佑作は五階のエレベーターホールの前を横切り、東側の通路を歩く。突き当たりのひとつ手前が自宅だ。ズボンのポケットをまさぐり鍵を出そうとしていると、その突き当たりである、5

１２号室の石塚（いしづか）さんちのドアが開いた。

中から奥さんがひょっこり顔をのぞかせる。佑作と目が合うなり、ドアの外に出てきた。

「５０２号室、何かあったんですか？」

異変に気付いたらしい。

「串本さんが残念なことに」

隠すまでもないと思った。慣例として近々、一階の掲示板に訃報が貼り出される。石塚さんはふっくらした片手を口元にあてがい、「まあ」と体を仰け反（のぞ）らせた。

「救急車は来てないですよね。もしかしてもうお亡くなりに？」

「はあ、まあ、そういったところで」

「お気の毒な。具合が悪いのかと思っていたけれど、そんなに急に。姪御（めいご）さん、ちらりと見えたけれど、今日もいらしてましたよね。もしかして姪御さんが見つけたのかしら」

日頃、口をきく用事もないので挨拶程度しかしない人だ。立ち話など初めてかもしれない。串本さんとその姪について、石塚さんが関心を持っているとは今の今まで知らなかった。

意外そうな顔になったのだろう、石塚さんはため息交じりに言う。

「私の身内にも独り身の伯父がいるんです。今は元気だけれど、先々のことを思うと気がかりで。近くに住んでいる私にいろんな役割がまわってきそう。串本さんの姪御さん、律子さんでしたね。このエレベーターで一緒になってるうちに、顔見知りになったんですよ。いつだったか、駅前のスーパーでばったり会って、思わず買い物しながら話し込んじゃいました。律子さんは病気のお母さんを抱えてよくやってます。私にはきょうだいやいとこがいるけど、ぜんぜんあてになりそうもなくて。そのくせ口はうんと出すんですよ」

石塚さんには小学校に通う男の子がいる。四十歳前後となれば律子さんとも歳が近い。お互いに伯父の行く末を案じ、愚痴をこぼし合っていたようだ。聞いているうちに、なんとも居心地が悪くなる。佑作にとって他人事ではないのだ。

姉と妹の子たちからすれば、自分がまさに独り身の伯父。いずれ石塚さんのようにため息をつくのかもしれない。

「串本さんにはうちの康平もかわいがってもらっていたし。なんといっても同じマンションでしょう。力になれることがあったらなんでも言ってねと話していたんです。でも結局はなんの役にも立てなかったわ」

「急でしたからね」

「お亡くなりになったなら、ぼんやりしてる間もなくお見送りですね。この近所でするのかしら」

葬儀一般のことだろう。

「律子さんも近くに住んでいるから、このあたりじゃないですか」

話していると石塚さん宅のドアが開いた。子どもがひょっこり顔を出す。夕飯の匂いも漏れてきた。醬油と砂糖で味付けした煮物の類だろう。

石塚さんは話を切り上げ、家の中に入っていった。あとに残された佑作はポケットから鍵を取り出し、鍵穴に差し込もうとして手が止まる。紘人の顔が浮かんだ。

ドアを閉ざした502号室の内部も、かかりつけ医の診断も、石塚さんの言っていた葬儀一般についても気になる。落ち着かない。でもほんとうはもっともっと、大きな声で騒ぎ出したい重大問題を抱えているのだ。

消えていた遺体がなぜ現れたのか。

マジックショーじゃあるまいし、ぱっと消えることからしておかしい。ぱっと現れるのはもっとおかしい。誰かが隠したのだ。そして誰かが戻した。

どうして、なぜ?

この疑問をぶつけられるのは、世の中広しと言えど今のところひとりしかいない。

さっそく体の向きを変え駆け出そうとして、佑作は踏みとどまった。脳裏に浮かぶのは人のことを小馬鹿にした生意気面だ。こちらからの質問には平然と「パス」と来たもんだ。トランプの七並べじゃあるまいし。そんなものがまかり通ると思っているのか。世の中を舐めくさっている。どういう育ち方をしたらああなる。誠実、実直という言葉を骨の髄まで叩き込んでやりたい。

　佑作は肩をそびやかし、鼻の穴を広げた。のこのこ訪ねて行くなど業腹。向こうから来るのを待つべきだ。あの坊主だって気になっているはず。そわそわしているはず。だとしたらここは年長者らしく、手ぐすね引いて待ってやろう。

　自分に言い聞かせ、おもむろに鍵を開けて自宅に入った。廊下を歩いているときは気力もあったが、和室に置かれた引っ越し用段ボール箱を見るなり緊張の糸が緩む。畳にへたり込み、しばらく動けなかった。

　いつの間にか日が暮れ、部屋の空気も冷えてきた。重い腰を上げて電気をつける。ぼんやりしていても耳は澄ましていた。チャイムだけでなく、玄関ドアのノックも聞き漏らすまいと注意を払っていた。

　けれど音沙汰はない。紘人の顔が懲りずに浮かぶ。何かあったのか。おばあさんが帰宅して、足止めをくらっているのか。急用ができて自宅に戻ってしまったのか。知るすべはない。

　他の誰かとしゃべる気にはならず、片付けものも食事の用意もおっくうで、晩飯ならば適当に見繕おうと台所に入った。保存してある野菜や魚の干物を冷蔵庫から出しつつ、ゴミ箱に捨ててある割り箸に目がとまる。

　昼間のカップ麺、カレー味を選んだ紘人は「ごちそうさま」とは言ったが、いただきますもありがとうもなかった。愛想笑いのひとつもよこさない。そのくせスープの一滴も残さず、きれいにたいらげた。腹が減っていたのだろう。あのあと何か食べただろうか。

佑作は風呂に入るのもためらいトイレもそそくさとすませ、訪ねてくる者を待ちわびたが、日付が変わる頃になっても玄関ドアが開かれることはなかった。


しびれを切らし翌日の午前中、こまごまとした買い物もあって近所のスーパーに出かけた。馴染みの洋食店で早めのランチをとり、昼過ぎにマンションに戻る。

管理人室の窓には白いカーテンが引かれていた。「休憩中」というプレートが掛けられている。十二時から一時までが昼休みなのだ。スーパーに出かけるときは「清掃中」というプレートだった。

一時までは少し時間がある。出直すべきかと思ったが、あたりに人影のない絶好のチャンスでもある。佑作は管理人室のドアを控え目にノックした。待たされることなく扉が開き、管理人さんが「おお」と声をあげる。

「休憩中にすみません。串本さんのことが気になって」

「いやいや、もちろんそうだ。報告に行かなきゃいけないところ、来てもらって助かった。ついさっき律子さんから電話があったんだ。ご心配おかけしましたってさ。皆さんにもよろしくお伝えくださいって。昨日に比べればずいぶん落ち着いた声だった」

「どうだったんでしょうか」

「亡くなったのは一昨日の夜で、どうやら急な心臓の発作のようだ。串本さん、ここんところちょくちょく、かかりつけ医のとこに行ってたらしい。不調を感じていたんだろうねえ。たぶん、そばに誰かいてもダメだったんだよ。そう思っといた方がいい。律子さんがくよくよするようなことがあったら、鶴川さんからも言ってあげてよ」

心臓発作。ふつうの病死。最初に見たときの串本さんを思い出せば、「やっぱり」とうなずくのにやぶさかではない。でも。

「どうかした?」

「管理人さんの気にしてた死亡診断書は書いてもらえたんですね」

「そうなったんだろうね。警察沙汰にならなかったのは不幸中の幸い。昨夜のうちに葬儀会社が来て、ご遺体は斎場に運ばれたよ。律子さん次第になるけど、お通夜や告別式の日時に関しては、ここの管理組合を通じて掲示板で知らせることになる」

ふつうの病死らしく、ふつうの葬儀が営まれるようだ。

「串本さんと親しくしてたんだから、鶴川さんも最後のお別れをしたいよね。それは律子さんにも伝えておく。律子さんにしてみたらひっそり内々ですませたいのかもしれないが、串本さんにだってここで暮らした年月がある。生きた証みたいなものだよ。交友関係もそのひとつだ」

佑作は密かに認識を改める。管理人さんのことを、これまでよくしゃべる噂好きとしか思っていなかった。人情の機微に触れた言葉を聞き、少なからず見直す。

「よろしくお願いします。手伝えることがあったら言ってほしいと、律子さんに伝えてもらえますか」

「うん。わかった。言っておくね」

歯切れのいい返事をもらい、佑作は退散することにした。休憩時間にすみませんと頭を下げ、エントランスに戻る。大きな懸念はあるが、今はとにかく喪服の用意だ。クロゼットの中身はほとんど梱包してしまったが、開けねばなるまい。

喪服のズボンはウエストサイズがいくつだったか。思案しながら顔を上げると、数メートル先の壁際に紘人が立っていた。トレーナーにジーンズという私服だ。

「君、家にいたの？」

「家？」

「六階のおばあさんち」

今さらなんだという顔をされる。それに対しムッとしてもいいものを、佑作はついつい微笑みかけてしまった。彼の感じ悪さに免疫ができつつある。褒められたことではない。

「昨日、あの後どうしていたんだい？　なんの音沙汰もなかったね」

紘人は返事もせずに歩き出す。エントランスから外に向かって。

「おい、人が話しかけているのになんだよ」

「話があるなら外に出ませんか。ここだとちょっと」

あたりに人影はなかったが、紘人との距離が数メートルあいたところで出入り口のドアが開いた。誰か入ってくる。カートに荷物を載せた宅配業者だ。続けて年配の女性がスマホ片手にやってきた。電話が繋(つな)がったようで、いきなり甲高(かんだか)い声でしゃべり出す。

ここでは落ち着けないというのは一理ある。よくわかったが、なんだか口惜(くや)しい。こっちが考えなしみたいじゃないか。

ふくれっ面(つら)になりつつも、佑作は紘人を追いかけた。

「あの後、もちろん様子をうかがっていましたよ。そしたら四時半頃、５０２号室の前に鶴川さんと沼田さんがいるのが見えました。もうひとりは律子さんって人ですよね」

マンションを出たあと紘人は道路を渡り、すぐそばのコンビニへと入っていった。そこで立ち話でもするのかと思いきや、窓際に設けられたイートインスペースを指さす。それぞれ飲み物を買い、チープなカウンターチェアに腰掛けた。

「なんだ、見てたのか。ぼくは君に気付かなかったけどな」

「鶴川さんは沼田さんから何か言われ、その場からいなくなりました」

管理人さんのところに行ったときか。

「そのあとおじいさんがやってきて、沼田さんとしゃべっていたら、鶴川さんが戻ってきたんです」

「それ、402号室の加々見さんだよ。白髪頭のおじいさんだよね」

コーヒーをすすりながら、律子さんがかかりつけ医に連絡したことなど、昨日の流れをざっくり話した。

「ぼくは単純に救急車が来ると思ったので、鶴川さんとは別行動を取った方がいいと考え、一階に降りました」

「別行動?」

「マンションの人たちの反応を、できる限りたくさん見た方がいいでしょう? ふつうの、いつも通りのマンションじゃないんです。不可解なことが起きている場所です」

舌を巻く。いったいどこからそういう発想が出てくるのだろう。

「それで一階はどうだったの」

「鶴川さんが今言った、かかりつけ医という人が大きな鞄を提げて現れました。管理人さんが真剣な顔で応対していたので、特別な人だとは思ったんですよね。そのあとはまた何事もなかったかのような、いつものエントランスホールになったんですけど、ぼくはしばらくその場にいました。立ち去りがたいって言えばいいのかな。郵便受けを見たり、外に出て、自転車置き場で自転車を触っているふりをしたり」

イートインスペースは道路に面しているので、窓ガラスの向こうに佑作たちの住むマンションが見える。出入り口を出ると左側にゴミ捨て場があり、右側に自転車置き場がある。佑作もそこから自転車を出してスーパーに行ってきたばかりだ。買い物を入れたビニール袋は今、足下に置いてある。

「そしたら502号室の前にいたおじいさん、加々見さんでしたっけ、その人が降りてきて、管理人さん相手に大きな声でしゃべり始めたんです」

耳が遠いので日頃から話し声は大きい。

「それでぼくも、串本さんが発見されたのだとわかりました」

「エントランスには誰かいた？」

「いたというか、通りかかったのはベビーカーを押した女の人たちと、買い物帰りみたいなおばさんと、キャリーバッグを引っ張っている男の人と、制服姿の女子学生と、小学生がぱらぱら」

夕方だから出入りもいろいろあったらしい。そして、いつもなら早足で通り過ぎるところを、加々見さんが興奮気味にしゃべっているのでちらちら見ながら歩く人が多かったようだ。

「でもってそのおじいさん、最後に会ったのは自分かもしれないと言い出したんです」

「もしかして、あの紅茶のカップは加々見さん？」

「ぼくも思ったんですけど、会ったのは家の中ではなくエントランスだそうです」

「部屋の外か」

「時間は一昨日（おととい）の夕方。夕刊を配る人がいたというので四時くらいでしょうか。串本さんは外から帰ってきたところで、小さな白いビニール袋を提げていたそうです。声をかけるまで加々見さんには気付かず、うつむきがちに歩いていたって。元気がなかったみたいですよ」

「白いビニール袋。買い物に行ってたんだろうか」

佑作の言葉を受けて紘人は振り返った。コンビニの店内へと目を向ける。

「ここかもしれません」

コンビニでくれる袋は白い。ちょっとした買い物なら近場ですませるのは大いに考えられる。何を買ったんだろう。ひとつひとつの行動に、「最後の」がついてしまう。最後の買い物。最後の会話。

「加々見さんは何か話したのかな」

「名前を呼んで挨拶程度と言ってました。もっといろんなことをしゃべればよかったと、しょんぼりしてました。串本さんはそのあと自宅に帰ったんですよね。夕飯を食べたのかはわからないんですけど、食べたとしても食器類をみんな片付けた後、カップをふたつ出して紅茶を淹（い）れた」

「それじゃあ、最後に会ったのはやはり、紅茶をふるまわれた客ってことか。それが加々見さんではないと決まったわけでもないが」

可能性は低いだろう。しばし遠い目になった後、佑作はおもむろに言った。

「話が前後したけれど、律子さんは串本さんをリビングで見つけたらしい。でも午前中にぼくと君が入ったときには何もなかった。おかしいだろ。さっき管理人さんに聞いたところによれば、遺体に不審な点はなかったようだ。心臓麻痺の急死として、このまま葬儀が営まれる。何事もなかったように」

もどかしくて唇を噛む。

「たしかに午前中にはありませんでした。ぼくも見ています」

この言葉が聞きたかった。生意気で感じ悪くて小憎らしい坊主だが、今、佑作の体験した理解不能な出来事を共有できるのは彼しかいない。

ぬるくなったコーヒーを口に含み、顔を上げる。窓ガラス越しに見る人々は軽い上着を羽織り、マフラーや手袋を身につけていない。春は着実に近付いているのだろうが、このあと寒の戻りが何回かあるだろう。毎年の常だ。

「この前の鶴川さんの推理では、串本さんの死を、失踪という形でうやむやにしようとしている人物がいる、でしたね」

紘人に言われて鼻の頭を掻く。

「ただの憶測。思いつきだよ」

「まだ外れとは限りません。どこかに運び去ろうとしていたのに、できなくなったとか」

「計画倒れか」

紘人は細い顎を動かしてうなずく。

「ぼくたちがリビングに入ってから律子さんが到着するまで、それほど長い時間じゃないです。せいぜい四、五時間。隠したのは遠くではなく、たぶん近くですよね」

「５０２号室のどこか。あるいはマンション内のどこか。動かした人間も身近にいるってことか」

いったい誰だろう。

「これまで思いがけないことの連続だからな。こっちが考えもしないような、突飛な理由や人物が絡んでいるのかもしれない」

「そうですね。突飛なことって何かな。串本さんの遺体を隠したい理由。短い時間でもとに戻した理由。もしかしたら最初から長い時間のつもりはなかったのかもしれない。律子さんが発見したことも含めて、すべては計画通りだったりして」

「昨日の昼間だけ隠しておきたかったのか。どうして？」

「たとえば、犯人は不動産屋で、鶴川さんの部屋を何がなんでも売りたかった。契約の邪魔になるものは、その間だけ排除したかった」

　真剣に聞いていたので、つい「なるほど」と言ってしまいそうだった。

「まさか。そんなのあるわけない。第一、契約はうまくいかなかったんだよ。串本さんの件とはまったく関係なく先方の都合だ」

　紘人が目を丸くするので、資金繰りの問題であることも話した。

「てっきり契約は終わったんだと思っていました」

「いろいろあるんだよ」

「意外性ではいい線、行ってると思うんですけど、不動産屋。他に何があるかな。って、突飛さを追求してはダメですよね。考える材料をもっと集めなきゃ。謎を解く手がかりです」

「謎」

「串本さんのことをもっとちゃんと知りたいです。どういう経歴で、どういう家族がいて、どういう趣味があって、どういう友だちがいたか。最近、考えていたことや、もしかしたら困っていたこと。悩み。反対に嬉しかったこと。楽しみや夢みたいなもの」

　佑作は首を横に振った。

「今さらどうしようもないよ。串本さんは亡くなってしまった」

「その亡くなった状況に不審な点があり、遺体が動かされたんです」

　わかっている。気にはなっている。でも。

もう会えないんだという寂しさに気持ちが折れる。

「手厚く葬(ほうむ)られるのなら、もういいのかもしれない。今一番だいじなのは心を込めてお見送りをすることだ。君が面白半分に謎だの推理だの言ってるとは思わない。君にも事情があるんだろう。そうだ、串本さんとの関係も教えてもらってないね。そのあたりを全部ひっくるめて、もういいのかもしれない」

「どういうことですか」

返す言葉が見つからず、佑作は口をつぐんだ。

「このままなかったことにするんですか。ちがいますよね。わからずじまいなんて、鶴川さんもいやでしょう? 大変なことが起きたのは事実です。ぼくのスマホの中には証拠写真がある。あれを見てください。真相に迫る手がかりがきっとある」

とうにわかっていたことだった。となりに座る男の子とは共に歩けない。「面白半分とは思わない」などと、さも頭の柔らかなおじさんを気取ってみたものの、結局のところ、彼の言動が推理ごっこにしか思えないのだ。

串本さんの死を軽(かろ)んじられているようで我慢できない。

「悪いが、真相や手がかりという言葉に抵抗があるんだ。串本さんのことをちゃんと知りたいと言ったよね。知るって、時間がかかるものだよ。ぼくがどれほど串本さんのことをわかっているのか、それだって怪(あや)しいが、知っていることを話すたびにいろんな思い出が蘇る。もう会えないのだと思って寂しくなる。ぼくに限らず、串本さんとの付き合いがある人はみんなそうだと思う。言いよどんだり、ぼんやりしたり、途中で口をつぐんでしまったり。君は、いちいちそんなのに付き合えないんじゃないか。我慢強く粘ったところで、得られるのはなんの役にも立たない情報かもしれない。ほんとうのことを突き止めるための手がかりは、ちっとやそっとじゃ見つけられない」

学校の勉強とはちがう。答えを導くための方程式はない。ごっこ遊びにしては退屈なこと甚だしいだろう。興味を失えばアプリゲームの方がずっと面白くなる。

紘人は硬い表情で押し黙る。意見されたことが不快だったのか。水を差されて白けたのか。

佑作は椅子から立ち上がった。心の中で別れを告げる。理解不能な出来事について話し合える唯一の相手だと思えば、惜しくもなるが致し方ない。

「もう行くよ。スーパーで買った食料品を冷蔵庫に入れなきゃいけない」

それきり振り返らずにコンビニを出た。横断歩道を渡ってマンションに戻る。憑き物が落ちたように、前だけを見て歩いた。

自宅に帰りスーパーで買った物を片付けると、佑作は久しぶりに窓を開けて掃除機をかけた。固く絞った化学繊維の雑巾でテレビ台や本棚を拭き、洗面台も掃除した。その間、加々見さんから電話があり、串本さんの葬儀について尋ねられたがまだ聞いてないと答えた。

段ボール箱のひとつを開けて中から礼服一式を取り出す。クロゼットにしまう前に、風を通したくて掃き出し窓のカーテンレールにぶらさげた。黒いネクタイも用意する。

会社勤めをしている頃、総務部にいたので葬儀を手伝うのは業務のうちでもあった。酷寒の通夜も灼熱の告別式も珍しくない。

今はどうかわからないが、佑作が勤めていた頃、総務はまさになんでも屋だった。各職場からあがってくる苦情処理はもとより、自社ビル敷地内の草むしり、社内食堂のリニューアル、自販機の取り替え、女子トイレの盗撮カメラ騒ぎ、レイアウト変更に伴う各部署の引っ越し、それに伴う荷物移動の手伝いなど、どこにも割り当てられない仕事がすべて降りかかった。

会社が潤滑にまわっていくよう、雑事を引き受け日々奔走するのは、くたびれもするが頑張り甲斐もあった。癖のある上司に嫌みを言われても、仕事の端々で笑うこともあったのだ。ささやかであっても達成感を味わえた。

生来ずぼらで気の利く方ではなかったが、部屋の掃除や整理整頓の手際ならば、仕事のおかげで身についたのかもしれない。各部署の引っ越しではデスクまわりの掃除やロッカーの片付けなど、ずいぶんやらされたものだ。あのまま便利屋よろしく、苦情処理と雑事に明け暮れる毎日だったならば、会社を辞めることはなかっただろう。

荷物の移動をすべて終えたあと、予定通りの配置に収まったオフィスフロアが脳裏に浮かぶ。灯りを消し廊下に出たとたん、プロの清掃業者と鉢合わせ、なんてこともまれにあった。社員の間から、「あそこが汚れてた」「ここが手抜き」と苦情が来るとそれを伝えねばならず、何かと気まずい相手でもあるのに、向こうはからりとした笑顔を見せてくれた。遅くまで大変ですね、お疲れさま、そんな言葉をかけてもらい、どれほど疲れがやわらいだか。自分の母親とそう年の変わらない、痩せた年配の女性だった。

昔のことを思い出していると、チャイムが鳴った。誰だろう。不動産屋？　宅配便？　それとも加々見さんや沼田さんか。

インターフォンに出ると予想に反して若い男の声。紘人だった。

話があると言われ、もうないだろうと思いながら玄関ドアを開けた。さっきと同じ服装で、叱られた牛丼屋の新入りバイトみたいに突っ立っている。

「どうかした？　忘れ物？　ああ、そうだ、手帳に挟まっていた紙。あれを返さなきゃね」

中に引っ込もうとして、上がっていくかと声をかけた。紘人はうなずいて、玄関の三和土でスニーカーを脱いだ。

彼がリビングに入ってきたところで、佑作はカウンターに置いてあった例の紙類を手渡した。薄くて乾いた小さな紙切れが、紘人との間柄を象徴しているような気がした。受け取ったら黙って去って行くとばかり思っていたのに、固まったように動かない。

佑作は「あのさ」と声をかけた。いったい何なのだ。困惑くらいは伝わっただろう。やっと顔をこちらに向けた。

「自分のことを話さなきゃと思って」

「はあ？」

思わず素っ頓狂な声が出てしまった。

「君の話？」

手放しで驚く佑作に、紘人は不機嫌そうな一瞥をよこす。

「座ってもいいですか」

「いや、まあ、それはね。どうぞ」

ひとつきりのソファーをすすめ、自分は食卓の椅子に腰掛けた。向かい合わせではなく、並んでもいなくて、斜めという角度と距離感は困惑を緩めてくれる。

「一昨日の話をした方がいいと思って。５０２号室に入ったのは、ぼくじゃないんです。あの手帳を落としたのもぼくではないです」

「おばあさんか」

もしかしたらとは思っていた。若者が持つような手帳ではなかった。挟まっていた紙類も年寄り臭い。紘人の頭が縦に振られる。

「あの日、九時前になってから、急に渡すものがあったと言い出して、ばあちゃんは外に出ました。ぼくはゲームをやってたんで、どこに行くのかも聞きませんでした。そしたらほんの五分か十分かして帰ってきて、すごく異様な雰囲気で、なんとかさんが亡くなっていると。ぼくはびっくりしていろいろ聞こうとしたんです。でも初めのうちは何を言っているのかわかりませんでした。ようやく、502号室の串本さんって人の家に行ったら、その人が倒れていて、もう亡くなっていたというのを聞き出したんです」

そこで警察に通報すればよかったのにと、自分のことを棚に上げて強く思う。佑作の言わんとすることが伝わったのか、紘人は逡巡してから口を開く。

「ばあちゃん、死体も警察も苦手なんです。一昨日も串本さんが亡くなっているのを見てすっかりおかしくなってしまい、結局、強めの薬を飲ませるしかなくて」

「君が、かい？　えっと、君の親御さんは？」

「ばあちゃんの娘がぼくの母親なんです。でも忙しい人なのであてになりません」

にべもなく言い捨てる言葉を佑作は静かに受け取った。頼れる大人が身近にいれば任せるだろう。彼自身、完全には祖母宅に身を寄せてはいないのかもしれない。

「薬が効いて少しは落ち着いたんですけど、今度は手帳がないことに気付いてまたパニック。502号室に入るまでは持っていたので、きっと中で落としたんだと。ぼくは大丈夫だからとなだめました。今すぐとってきてあげるって。それを聞き、ようやく眠り始めたので外に出ました。そしたら502号室に入っていく鶴川さんが見えたんです」

「すぐさま動画を撮ったんだね」

「なんとなく、だったんですよ」

出て行く姿も録画し、様子を見ていたところ、マンション内は静まりかえったままだ。串本さんの件を通報しないつもりだと紘人は気付いた。通報できない事情があるのだろうと考えた。そして、使ってやろうと企んだ。

「今更ですけど、ほんとうにすみませんでした。ぼくは串本さんの部屋に入ったことがなかったので、すぐ見つけられるか自信がなくて。できれば誰かに行ってほしくて」

しおらしく言わないでほしい。堂に入った脅迫ぶりだった。

おばあさんのことを案じる献身的な少年と、人の弱みにつけ込む悪魔的な少年と、どっちがほんとうの彼なのだ。

「串本さんの知り合いは君のおばあさんだったわけか。どういう知り合いなの」

「ばあちゃんの入っている趣味のサークルに串本さんも興味があったみたいで、紹介したそうです」

「なんのサークル？」

紘人は首を傾（かし）げる。

「はっきりしたことはわかりません。ほんとうです。本を読んだり、体操したり、みんなでどこかに出かけたりしてると聞きましたけど」

「串本さんがそういうサークルに……？　想像できないな。あの人が関わっていたのはカメラやパソコンの使い方といったサークルだよ。それも教える方。日曜大工や料理ならば、自分でもやっていたから興味はあったかもしれない。でも読書や体操は聞いたことがない」

もしかしたら立ち話でもしたときに、串本さんは深く考えずに相づちを打ち、おばあさんは串本さんが入りたがっていると早合点したのかもしれない。佑作自身にも覚えがあった。他ならぬ加々見さんとしゃべっているとき囲碁の話になり、何の気なしに「いいですね」と言ったら、それからずいぶん誘われてしまった。

「君のおばあさんはもともと読書が趣味なの？」

「そうでもないです。前はコーラスをやってました」

佑作は「ふーん」と声を出し、やりとりが途切れる。ここ数日のちょっとした交流、カップ麺（めん）一杯の恩義を感じ、紘人としても詫（わ）びたい気持ちで訪れたのだろうか。だとしたら話は終わりだ。彼が腰を浮かすのを待っていると、「それでなんですけど」と続ける。

「串本さんのこと、やっぱりこのままにはできなくて。鶴川さん、一緒に調べませんか」

考えもしなかったことを言われる。

「だって、どう考えてもおかしいでしょう？　遺体がなくなったと思ったら、あっという間に出てきたりして。串本さんの死には絶対何か裏があります」

「それはそうだろうが」

「ぼくのことが信用できないっていうのはよくわかります。一昨日の夜にひどいことをしてしまいました。ほんとうだったら口も利いてもらえないですよね。今も鶴川さんの人の良さにつけ込んで、部屋に上げてもらってしゃべっています。そういう自覚はあるんです。だけど鶴川さんだって、ほんとうにこれでいいと思えますか？」

佑作は小さく息をつき、カーテンレールに吊るされた喪服へと視線を動かした。

自分の気持ちをなるべく正直に話そうと思う。

「さっきコンビニで言ったのは嘘偽りのない、ぼくの本音だ。今は串本さんの死を静かに悼みたい」

「その串本さんの遺体に、きっとすごく身勝手な理由で手を出した人がいるのに」

「君はなぜ調べたいの？　好奇心？　それとも、わからないことがあると許せない性分？」

「ぼくは……」

紘人は言葉を濁し目をそらす。昨日の昼に来たときも、質問はされたくもないし答えたくもないとそっぽを向いた。その彼の口から「身勝手」という言葉を聞くとは。

「ばあちゃんのことが心配だからです」

　これまた意外な。

「今は串本さんの遺体が見つかり、もうすぐお葬式の準備が始まるんですよね。何事もなく進んでいくのかもしれない。でもこの先はわからない。現実に遺体を動かした人がいるんです。串本さんが最後に会った人もわからない。ああ、ばあちゃんはちがいますよ。出て行ってから戻ってくるまで、十分かそこいらだった。紅茶を淹れてもらう時間はありません。けどそれだって証明はできない。ばあちゃんがへんな妄想にかられ、よけいなことを口走らないとも限らない。現に今も、すぐ救急車を呼べば息を吹き返したかもしれないとぶつぶつ言ってるし。いろいろ考えると、あの夜何があったのか、ぼくがしっかり理解しておくのが一番だと思うんです」

　きっぱり言い切る声の強さや眼差しに、色濃く傲慢さが漂う。あっぱれなほど不遜だ。

　それでいて、肝心な動機はおばあさん。

　なんだろう、このアンバランス。

　あきれつつも、コンビニのイートインスペースでやりとりしたときに比べ、彼を身近に感じた。自分の優秀さを過信し、他人を低く見て、高飛車で偉そうなのは少しも変わらない。けれど間の悪いときに502号室に上がり込み（人のことは言えない）、ご遺体のそばにうっかり手帳を落とすような祖母を、彼は助けたいらしい。それさえ演技かもしれないが、企みならばもっとちがう嘘をつくだろう。利口な高校生は好きこのんで「ばあちゃん」を連呼するまい。

同時に、「ばあちゃんが心配」と堂々と口にする紘人を見て、串本さんにもひとりくらい、そう言ってくれる人がいたっていいじゃないかと思った。

身内である実妹は寝たきりで、姪は今頃「しっかりしなきゃ」と呪文のように唱えつつ、おろおろしてるにちがいない。

串本さんがどうしてあの場所に倒れていたのか。亡くなる直前、何を思っていたのか。遺体はなぜ動かされたのか。

知りたいと思う人間がいないなんて寂しすぎる。という言葉がすでにわびしい。知りたい人間はいるのだ。管理人さんが言ったように、串本さんにはここで暮らした年月があり、交友関係だって生きた証のひとつ。身内以外にも、案じる人間はいるのだ。

「このままにしては串本さんは浮かばれない、か」

「そうですよ。浮かばれません。串本さんのためにも真相を突き止めましょう」

「君が言うと軽く感じられるんだよな」

「なんですか、それ。偏見じゃないですか。ぼくは真面目で本気です。なので、まずはこれまでのことをまとめますね。不審な点を洗い出し、すべきことの優先順位を付けるんです。紙と鉛筆、ありますか。お願いします」

身勝手で生意気な上に人使いも荒い。今に始まったことではなく、初っぱなからこれだった。

佑作は数枚の紙切れとペン立てを差し出した。

やる気を奮い立たせたところで、真相とやらに対面できる確率はたぶんとても低い。世の中、そんなに甘くない。この子の熱意はいつまで保つだろうか。

第五章　作戦会議はドアの内側で

紘人はまず、いつ頃何があったのかを時間に沿ってまとめた。

佑作が502号室を訪れたのは夜の九時二十八分だ。そのとき初めて串本さんの異変に遭遇したのだが、紘人の祖母・北島光代さんは九時前に部屋に入ったそうだ。すぐに退散し、それと入れ替わる形で、おそらく二、三十分の時間を挟み、佑作が502号室に上がり込んだ。

紅茶のカップのことは祖母から何も聞いてないと紘人は言う。串本さんが存命中の来客となれば、時間的に九時より前になるのだろう。紘人は加々見さんがその日の夕方、エントランスで串本さんに出会ったことも書き入れた。

そして九時三十八分、佑作が502号室を辞して、紘人に脅され（この件が出るたび、ジロリと見てやる）再び来訪し、退出した件も記入する。

翌朝の親戚を名乗る若い男の訪問については、紘人の知らないことだったので彼の名刺を見せながら、あらためて手短に話す。わからないことばかりだが、三日目に当たる今日の分まで、時間に沿った表を仕上げた。

このあと表に出てきた人の注釈を、紘人は別の紙に書いていく。

佑作や自分、祖母である北島さんに加え、沼田さん、管理人さん、加々見さん、律子さん、若い男の訪問者。住んでいる部屋番号や串本さんとの関係、年齢、職業など、知り得ている情報を記入する。

さらに、「小さな子どものお母さんたち」というのも書き入れるので佑作は尋ねた。

「加々見さんが大声でしゃべっているとき、エントランスにいたんだっけ。この人たちも関係者なの？」

「なんかちょっと気になったんです。目配せし合う感じで、『あの人よ、あの人』みたいな」

紘人の声音からして好意的なニュアンスではない。具体的な内容を聞いてみると、ひとりが「亡くなったの？　それってまさか」と言い、別のひとりが「まだわからない。滅多なことを言っちゃダメ」とたしなめ、もうひとりが「警察が来るのね」と興奮気味に言う。それに対して「警察ではなくお医者さんみたい」と訂正する声があり、女性たちは明らかに不満げな顔になったそうだ。

「それほんとうに串本さんのこと？」

「５０２号室のって、たしかに聞こえました」

「『あの人』って言うからには、串本さんのことを若いお母さんたちは知っているのか。不思議だ。いったいどういう縁だろう。話を聞く限り感じが悪いな」

だから紘人も気になったらしい。単純に顔見知りというだけなら、それこそ写真教室で一緒になったとか、展覧会で言葉を交わしたとか、管理組合活動でお世話になったとか、あるかもしれない。けれど亡くなった人に対してひそひそ声で目配せし合うのは失礼きわまりない。平和的な交流ではなさそうだ。

「串本さん、トラブルを抱えていたんだろうか」

「トラブルかどうかはわかりませんけど、何もなかったら、遺体が動かされるってこともなかったんじゃないですか」

「そうか。そうだね」

自分のあずかり知らないところで串本さんに何かがあり、その結果、思いもよらない事態に見舞(みま)われた。そう考えた方が妥当か。

「つまり一昨日よりももっと前に、何かしらの問題が発生していて、串本さんは巻き込まれていたと」

「可能性のひとつとして考えられます。今の時点で遺体を誰がどうして動かしたのか、いくら頭をひねっても思いつきません。ならば、最近串本さんのまわりで起きていたことを調べませんか」

紘人に言われ佑作はうなずいたが、ふと嫌（いや）な予感がした。

「ちょっと待ってくれ。調べるってどうやって？　もしかして若い奥さんたちに直接話を聞くとか？」

「それが一番手っ取り早いですね」

「聞くのは誰だよ。君がしてくれるなら心から応援する」

「ぼくは無理です。知り合いではないので」

やっぱり！

「奇遇だな。ぼくもだよ。これまでろくに挨拶（あいさつ）したこともない。接点ゼロ。まったくの戦力外」

たちどころに「えー」という非難がましい声が響き渡る。

「鶴川さん、聞いてきてくださいよ。大人は大人同士、なんとかなるでしょう？」

「ならないならない。不審者扱いされ、通報されたらどうする。世間は独身で無職の男にとことん厳しいんだ。話にもならない。君の方がいっそ向いている。若い奥さんたち、シュッとした若い男の子に甘いからな。このさい爽（さわ）やかなイケメンをやってごらん」

「相手にされません。ぼくなんか眼中にないから、すぐそばで噂（うわさ）話をしてたんですよ」

「そうとも限らないさ」

お互い全力で押しつけ合ったがどちらもウンとは言わず、ひとまず棚上げという軟弱な結論に落ち着いた。

「情報収集ならばとりあえずは加々見さんだな。今のところ生きている串本さんに会った最後の人だ。昔からの付き合いもあるし。何かしら聞き出してこよう」

「お願いします。ぼくはばあちゃんにもう一度、サークルの件を聞いてみます。あとはスマホで撮った５０２号室内部の写真。あれをじっくり検証します」

「そうだね。頼んだよ」

「はい。頑張(がんば)ります」

最も避けたいのが若い奥さんたちという点で、ある意味気が合い、互いの健闘を祈るという和(なご)やかな空気さえ生まれた。ＬＩＮＥで連絡しあえるようにしておく。

書き上げたメモに関しては紘人が持ち帰り、あとで撮影してＬＩＮＥしてもらうことにした。彼が帰るのに合わせ、佑作も出かけることにする。

「その気になっているうちに加々見さんを訪ねてみよう。夕飯時かもしれないが、遅くなると寝る時間に引っかかる」

紘人とは階段で別れた。彼は六階へ。佑作は四階へ。

加々見さんは長いこととなりの逗子(ずし)市に住んでいたそうだ。交通の便が悪いところに自宅があったので、病気をして車の運転がおぼつかなくなると、とたんに不自由になった。

日々の買い物や通院にも難儀する。その頃すでに子どもたちは独立して夫婦ふたりで暮らしていたので、一戸建てを処分して今のマンションに引っ越してきた。

三年前に奥さんが亡くなり、今はひとり暮らしだ。長男夫婦が近くに住んでいるので頻繁に顔を出し、身のまわりの世話をしてくれるらしい。介護ヘルパーも週一でやってくる。

佑作がチャイムを押すとインターフォンの返事はなく、しばらくしてドアが開いた。

「おや、誰かと思ったら」

「すいません。ご飯時でしたか。それなら出直します。遠慮なく言ってください」

時間は六時前だったが、室内からそこはかとなく食べ物の匂いが流れてくる。

「かまわないよ。上がっていくかい？　今レンジでいろいろチンしてたところだ」

玄関の三和土まで入れてもらい、部屋に入るのは遠慮した。夕飯の準備と言っても火は使っていないようなので、そのまま立ち話をさせてもらう。

「串本さんのことなんです。あまりにも急だったので自分でも気持ちの整理がつかなくて」

まずはそんなふうに切り出してみる。

「加々見さんは串本さんが亡くなった日の夕方に、エントランスでお会いになったそうですね」

「ああ。そうなんだよ。管理人さんに聞いた？　今思えばちゃんと引き留めて、もっといろいろ話をすればよかった」

「買い物のビニール袋を提げていたと聞きましたが。小さかったんですよね。近所でちょっと買い足した感じでしょうかね」

「うーん。まあ、そうだね」

「これからお客さんだ、みたいな話はなかったですか？」

加々見さんの顔に訝しむような表情がよぎり、内心しまったと思う。

「お客さんって誰のこと？」

「なんとなく聞いていたので、もしかしてと思って」

「だからどんなお客さん？」

ごまかさなくては。もしくは、いっそ正直になるか。

「すみません。わからないんです。串本さんのことを思い出すと、今になってあれはどういう意味だったのかと気になって。あやふやでほんとうに申し訳ないです」

「いや、いいんだ。わたしもちょっと引っかかることがあったもんでね」

加々見さんはそう言うとおもむろに腕を組む。「うーん」とひとしきり唸る。

「どうかしましたか」

「串本さん、悩み事でもあったんだろうか。そりゃ歳がいくといろいろあるもんだ。知り合いは次から次にいなくなり、自分の体は思うように動かなくなり、物忘れはひどくなる。先々のことを考えると不安でたまらないよ。それはよくわかるんだけど。でもなあ」

何を言っているのか、話の方向性が今ひとつわからない。

「体調が悪くて検査の結果で悪い数値が出れば、いっそうめげてしまうか。しかし、だからと言ってなあ」

「加々見さん、何か気になることでも？」

「向かいのマンションだよ。あそこに出入りしているのが見えて、ちょっとな。声をかけるべきだったか。そうすればよかっただろうか。隣人として」

「向かい？」

いよいよ意味がわからない。向かいのマンションと言えばコンビニの並びにあるグリーンハイツだろうか。

「ひとりで寂しいのはよくわかる。わたしもだ。でも串本さん、ほんとうに寂しいのなら、奥さんとよりを戻せばよかったのに」

「奥さん？　誰のですか」

「串本さんのだよ。決まってるじゃないか。え？　鶴川さん、聞いてないの？」

佑作は目を瞬かせた後、ごくんとひとつ息をのんだ。

「聞いてないです。ぜんぜん」

加々見さんの勘違いかと即座に思ったが、かつて交わしたやりとりが脳内にふわりと舞い降りてくる。雑談の途中で何の気なしに、「串本さん、ずっと独身だったのですか」と尋ねたことがある。串本さんは「まあ、そんなものだよ」と微笑んだ。きっぱり否定されたわけではなかった。もしかしたら結婚歴はあったのかもしれない。なんといっても七十数年に及ぶ長い人生だ。

でも佑作にしてみれば、今現在ひとり暮らしで、行き来のある親族がごくわずかという身の上に親近感を持った。過去ならば、あの膨大な写真を見せてもらうので充分。その写真の中にも女性の影はなかった。

「奥さんと言っても、『元』がつくんじゃないですか。元奥さん」

「いいや。今でも奥さんだよ。別居するようになっても籍は抜かなかったらしい。離婚してないんだよ」

断言され、「はあ」と曖昧に返す。

「だからさ、お互い歳を取ってとんがりも減っただろう。よりを戻すってのも有りじゃないか。わたしからすりゃ羨ましい話だ。相手が生きてれば、今日は晴れたな、傘はいらないな、なんて会話もできるんだよ。ああ、こういう話をもっとすればよかった」

「ピンとこないですけど。串本さんが結婚したのはいつ頃ですか」

「若い頃と言ってたから二十代か、三十代か、それくらいだろうかねえ。離婚してほしいと言われなかったからこちらも言い出さず、ずるずる続いてしまったと苦笑いの雰囲気だった。ぜんぜん会っていなくて、仕送りみたいなのもしてないらしい。子どもはいなかったんだろうね」

知らなかったこと、話してくれなかったことを、不思議と水くさいとは思わなかった。結婚も別居もおそらく数十年前だ。加々見さんとは異なり、よりを戻す考えはなかったのではないか。日々の暮らしは独り身として成り立っていた。今さら誰かと暮らすなんて面倒くさい。そう思う方に一票入れたくなる。

ただし、日常が急変したとき状況は変わる。

「待ってください。奥さんって人は今現在、ご存命なんですか」

「さあね。二、三年前に聞いたときは、元気にしているような口ぶりだったが」

「いらっしゃるのならば、串本さんが亡くなったことを知らせなきゃ。ふつうは配偶者が喪主になるんですよ」

「おや。そうか」

「律子さん、知っているのかな」

常々、身内は自分だけだと、律子さんは言っていた。串本さんのきょうだいは妹ひとり。その妹に子どもは自分ひとり。彼女の口から伯父（おじ）の伴侶（はんりょ）について聞いたことはない。

「確認した方がいいかもしれませんね。死後の手続きをするときに戸籍を見れば、配偶者の記載があるでしょうが」

もしもそこで初めて義理の伯母の存在を知ったら。伯父の急死という心労に、新たな混乱を招くにちがいない。

加々見さんのところを辞してから、四階の通路をぼんやり歩いた。冷静に考えれば、別居はしていても離婚に至っていないことを、姪に話していない方がおかしい。実妹である母から聞いているかもしれない。律子さんがまったく知らないとは考えづらい。

赤の他人が思い悩むことではないか。佑作は階段で五階にあがり、東の通路を歩きながら向かいの西通路に目をやった。５０２号室のドアを眺めて、ふと、その前に立っていた男のことを思い出す。

今のようにすっかり照明のともった夜ではなく、午前中の十時過ぎ。若いサラリーマン風の男だった。串本さんを親戚と言っていた。父親の代わりという言葉から、彼の父親が串本さんの甥かと想像したが、そんな親戚がいただろうかと、居合わせた沼田さん共々訝しんだ。

「もしかして」

佑作は足を止めた。奥さんにきょうだいがいた場合、そこに子どもが生まれていれば、串本さんから見て義理の姪や甥に当たる。

自宅に戻ると座るのももどかしく、立ったまま紘人のスマホへとメッセージを入れた。伝えたいことがあるので電話をくれと。しばらくして返事があった。八時頃にかけるとのことだ。

「串本さんが別居を始めたのっていつ頃ですか」

おばあさんがテレビを見ているという時間に、ＬＩＮＥの無料電話がかかってきた。串本さんに奥さんがいた件を話すと、紘人はぎょっとした声のあと怪訝そうに聞いてきた。

「はっきりしたことはわからないけど、たびたび海外に行くようになったのは四十代の頃だったんじゃないかな。そのときすでにひとり暮らしだったのかもしれない」

「四十代だとして、それから三十年ですか。ときどきは会ったり、思い出したりしていたのかな。そういう結婚ってあるんですか」

返事に困る。未経験なんだよと言ってやりたいが、三十年という時間の分量ならば十七歳の紘人よりかは実感するすべがある。五十四歳から遡って二十四歳の頃と今。この間に横たわっている歳月が三十年だ。

記憶を紐解き二十四歳の自分を思い起こす。入社二年目だ。同期の顔が次々に浮かぶ。その中に「いいな」と思う女性もいた。部署がちがったので一緒に仕事をしたことはなかったが、同期のよしみで飲み会があれば同席した。休日にみんなで河原でのバーベキューを楽しんだこともある。

ほんとうなら映画のひとつも誘いたかったし、誕生日を知ってからは喜びそうなプレゼントを渡したかった。でも結局、思うだけで実行に移せなかった。ライバルがいたから
だ。自分より外見も学歴も仕事ぶりも勝った、明るく快活な男だ。そいつがいるときに見
せる朗らかな笑顔がまぶしくて、尻込みせずにいられなかった。

てっきりふたりは付き合っているとばかり思っていたのに、彼女が選んだのは同じ部の
先輩だった。結婚して会社を辞めた。寿退職という言葉のまかり通っていた時代だ。数
年後、そのお相手も家業を継がなくてはならなくなったと言ってにわかに退職。大分に帰
ったと聞く。彼女もついていったのだろう。今頃はすっかり九州の人か。

ちょっと振り返っただけであれもこれもと思い出される。三十年も経っているのに彼女
の仕草や言葉が脳裏に浮かぶ。もちろん薄れている記憶や忘れていることも多いのだが、
昨日のことのように蘇る場面もある。

まして、結婚した相手となったら。

「鶴川さん？　どうかしましたか？」

「ああ、ごめん。なんでもない。人の記憶って不思議だなと思ってね。何十年経っても忘
れられないことってあるんだ。串本さんの気持ちはわからないが、自分からすすんで離婚
したいと思うほど嫌いな相手ではなかったのかもしれない」

繋がっていたいという気持ちが少なからずあったのか。紘人からは「はあ、そうですか」と気のない相づちが打たれる。

「でも配偶者がいるってことは、相続面でややこしくなったりしませんか」

「そうだね。今の法律では夫が亡くなったとき、基本的に妻が相続する」

自分のところも父のものを母が引き継いだ。家屋敷や預金通帳の残高など。そして借金も。

「保険の受取人を指定していたり、あるいは遺言状などがあれば別だろうが。そのあたりはさすがに串本さんもちゃんとしてたんじゃないか？　律子さんを頼りにしていたし、かわいがってもいた」

「なら、そこはあんまり考えなくてもいいんでしょうか。でも、訪ねて来たのが奥さんの方の親族、っていうのは充分ありえますね」

同意してもらい、うんうんとスマホを手に佑作はうなずく。

「どういう用事だったのかは不明ですけど、奥さんの件を含めてメモしておきます」

「君の方はどう？」

「それが、趣味の会のことをばあちゃんに聞き直したんですよ。でも、話があやふやではっきり言わなくて、逆にこっちを警戒する目で見たり。おかしいんですよね」

「本を読んだり体操したりの会だったよね」

「そうなんですけれど、もっと詳しくどんな本なのか、活動の場所はどこなのか、聞こうとするとはぐらかすんです。変だなと思っていたら、今の鶴川さんの話を聞いて『えっ』となりました。斜め向かいのマンションに、うちのばあちゃんも出入りしてます」

何かが繋がったような気がした。趣味の会に関係する何かがそこにあり、紘人の祖母と串本さんが出かけていたのでは。

「なんとなく怪しいね。もしかしたら若い奥さんたち、事情を知っているのかもしれない。それで目配せしてひそひそやってたのでは」

「ですね。明日、ばあちゃんのあとをつけてみます。手帳を見たところ、明日に印がついているんです。たぶんあれ、会合の印だから」

「おお。頼んだよ。それならこっちは串本さんの婚姻関係について、もうちょっと踏み込んでみようかな」

どちらも微妙に、若い奥さんたちへの接触を避ける。

「律子さんと直接話ができればいいんだが……。あいにく電話番号を知らなくて。連絡方法がない。マンションに来てくれれば、見かけ次第声をかけるとして」

「まずは502号室を訪ねて来た男の人に当たってはどうです？　鶴川さん、さっき名刺を見せてくれたでしょう？　そこに電話番号が書いてありましたよね」

来訪者から預かった名刺だ。串本さんのことで、何かわかったら連絡してほしいと手渡されていた。彼は串本さんの郵便受けにも名刺を入れたはずだが、律子さんはおそらくまだ気付いていない。

紘人との通話を切ってから、時計を見るとまだ九時前。大人ならば夜中という時間ではないだろう。昼間の仕事だとすると、夜の方がいいかもしれない。

佑作はもらった名刺を取り出し、しばらくの躊躇（ちゅうちょ）の後、書かれていた番号をタップした。数コール目で留守電サービスに切り替わる。昨日の朝に会ったこと、自分の名前、串本さんの件で連絡したいことがあると吹き込んで切る。

二十分後に電話がかかってきた。屋外らしいざわめきが遠くに聞こえる。人通りの少ない駅の通路の物陰くらいだろうか。

「ご連絡ありがとうございます。昨日お会いした、久保泰之です」

「鶴川です」

「串本さんの居所、わかりましたでしょうか」

何も知らないらしい。律子さんからの連絡もいってないようだ。

「失礼ですけど、串本さんとのご関係をうかがってもかまいませんか？　ご親戚というのはつまり、どういうことでしょうか」

「申し遅れました。説明するとややこしいんですが、私の父、久保勝也（かつや）の父親が敬造（けいぞう）と言うんですが、その敬造の妹、富子の結婚相手が串本英司さんです。私からすると、祖父の妹の夫になります」

佑作の読みが当たったらしい。串本さんからすれば、義理の甥の、息子だ。実の姪は律子さんひとりでも、義理の甥や、もしかしたら義理の姪、その子どもたちは存在するようだ。

「502号室を訪ねて来たのは、串本さんに用事があってのことですよね」

「はい。実は、富子おばさんに今なお夫がいるということを、うちの親戚はみんな知りませんでした。うちはみんな都内や川崎の登戸の方に住んでいるので、横須賀に住む富子おばさんのことが今ひとつわからなくて。結婚がうまくいかず別れてしまったけれど、住まいの近所の食堂で働き、ひとり暮らしを続けている。冠婚葬祭で会えば元気そうなので安心。それくらいの認識だったようです」

「富子さんも長いことひとり暮らしでしたか」

電話越しにうなずく気配がする。

「私の親が結婚する前なので、かれこれ三十年になると思います。私の母親は串本さんに会っていないし、話も聞いたことがなかったと」

別れた＝離婚と、単純に思い込んでいたらしい。

「でも昨年の夏、富子おばさんから入院したという連絡がありまして、余命わずかと聞かされました。一時退院や再入院を繰り返し、頻繁に行き来をするようになって初めて、串本英司さんとまだ婚姻関係が続いていることがわかりました。つい、半月前のことです」

「なんと」

「その後おばさんは体調が悪化し、五日前の未明に息を引き取りました」

佑作は絶句した。串本さんが亡くなったのは二日前。ほとんど同じ時期に、ふたりは相次いでこの世を去ったらしい。

「本来なら、真っ先に串本さんにお知らせすべきところでした。けれど連絡先がなかなかわからず遅れてしまいました」

「葬儀その他は？」

「延ばすことができず、内々ですでにすませました」

ひどく恐縮した声で言われる。責める気持ちは毛頭ないのでやんわりと何か返したいが、言葉が浮かばない。

「もしもし、鶴川さん」

「はあ」

「長々と申し訳ありません。ご近所というだけなのに、鶴川さんにこちらの事情をお聞かせしてしまいました」

「いえ、あの」

「それで今、串本さんは？」
突然の急死について、佑作はしどろもどろになりながらも話した。相手もたいそう驚き、言葉が途切れる。ようやく会話を再開させ、葬儀の日程がわかったら連絡すると約束し、通話を切った。

翌朝、七時半に起きて、顔を洗ったり朝食をすませたりしてから紘人にＬＩＮＥを入れた。メッセージではまどろっこしいので電話を頼むと、ほどなくかかってきた。まだおばあさんがいるそうで、ベランダからだ。

名刺の相手、久保泰之とのやりとりを伝える。今度は紘人が驚く番だ。こちらは絶句ではなく「まじっすか」「そんなのってあるんですか」と興奮する。そして富子さんの死を、律子さんは知らないのだろうと言った。久保青年が串本さんの死を知らなかったように、律子さんも義理の伯母の死を知らない。どこかで教えなくてはならない。

紘人の方はおばあさんが出かける支度（したく）をしているとのこと。

「鶴川さん、今すぐ出られるなら、先回りしてコンビニあたりにいてくれませんか」

尾行のサポートを頼まれる。おばあさんに関することはやたら慎重なので、手出しをさせない気かと思っていた。佑作はジャンパーを羽織（はお）り、鍵（かぎ）と財布とスマホだけポケットに突っ込んで外に出た。

コンビニの雑誌コーナーで雑誌を探すふりをして表に注意を向けていると、二十分ほどして紘人の祖母がマンションの玄関から現れた。横断歩道を渡ってやってくる。コンビニの前を通り過ぎたところで、佑作は店から出た。紘人を探すと、まだ道路の向こうにいて、次の信号で渡ってくるらしい。片手で合図して、佑作はおばあさんの後を追いかけた。

灰色の上着を羽織った背中が迷うことのない足取りで前を行く。加々見さんが言っていたグリーンハイツは道路を挟んで真向かいではなく、ずれた位置に建っている。正確に言うと建物のもっとも南寄りが、佑作たちの住むマンションの北寄りに重なっている。北寄りというのは西通路の奥だ。

串本さんの住む502号室のベランダに立ったとき、正面には見えないけれど、視線を右に向けるとグリーンハイツのはじっこが見える。そんな位置関係だ。

なので、建物中央に設けられている玄関は、佑作たちのマンションからだいぶ通り過ぎたところにある。紘人の祖母は歩をゆるめ、まるで警戒するように横を見たり振り返ったりしたのち、玄関に入っていった。佑作は離れた位置にいたので気付かれなかっただろうが、読書や体操を楽しむ趣味の会にしては似つかわしくないふるまいだ。

少し遅れて佑作も玄関にたどり着く。そして渋面になった。築十年のマンションなのでオートロックになっている。中には入れない。ここまでかと思い、ガラスドアに近づいてのぞき込んだ。すると内側からこちらを見ている人がいる。ハッとして身を引いたが遅かった。

「鶴川さん」

紘人の祖母が出てくる。なんて間抜けな尾行だろう。肝心のところで見つかった。

「どうかなさったんですか」

後をつけてきたことへの非難を感じさせない声で、話しかけられる。表情をうかがうと険しい顔はしていない。

「もしかして、串本さんから何か聞きましたか。ここでの活動のこととか」

「はあ。まあ。少し」

「そうですか。串本さんはほんとうに残念です。急でしたよねえ。こちらでの活動に興味を持ってくださって何度か集まりにも参加したんですよ。あの方もひとりでは抱えきれないものをお持ちだったのかもしれません。わたしたちはそっと見守っておりました。無理やり聞き出したりしません。人の心に寄り添うというのがこの会のモットーですもの」

どういう会だろう。

「本を読んだりする会とうかがいましたが」

「そればかりではありません。鶴川さん、よかったら見学しにいらっしゃいませんか」

「いや、それはちょっと。もう少し活動内容を具体的に知りたいと思うのですが」

「ご心配なく。皆さん、いい加減な気持ちでは参加されていません。心優しい方ばかりなんですよ。鶴川さんはお仕事のことで悩みがあるんじゃないですか。ねえ」

悩み。最近、耳にした言葉だ。誰かが言っていた。白髪が脳裏をよぎる。加々見さんだ。

「いろいろありまして。お恥ずかしいことに」

「恥ずかしくなんかありません。誰にでも心労や心痛はあります。今日はあなたのお話を聞く会にいたしましょう」

今にも腕を摑まれそうで、佑作は大いにたじろぐ。と、そのとき、背後からエンジン音が近づいてブレーキのかかる音がした。

郵便配達のバイクだ。立ち話をしていた佑作たちはすぐに片側の植え込みに移動した。配達員は停めたバイクから降りて荷物の仕分けを始める。その機を逃さず、頭を下げた。

「まだ気持ちの整理がつかないので日を改めます。声をかけていただき、ありがとうございました」

「そうですか。では、よかったらこれを」

手渡されたのは名刺だった。「静寂会　代表　白峰光」、電話番号、住所、マンション名と501という部屋番号が印刷されてあった。

なるべく冷静に穏やかに挨拶をして別れたが、背を向けたとたん、駆け出したい衝動にかられた。コンビニまでと自分に言い聞かせゆっくり歩く。ただのサークルではないらしい。佑作の直感としては宗教活動だ。

読書といっても、読んでいるのは教義に関する本なのではないか。孫に詳しく説明しないのも、ふつうの趣味の会ではないから。加々見さんはそれを知っていたので、串本さんの出入りを案じていた。そう考えれば納得がいく。

でも、串本さん自身の参加についてはまったく理解が追いつかない。何かのまちがいとしか思えない。どうして。なぜ。頭の中で繰り返しつつ横断歩道を渡った。

紘人はどこにいるのだろう。見つけられないまま自宅マンションに入ると、エントランスのすみに女性が数人いた。

あろうことか、紘人を取り囲んでいるではないか。カツアゲの場面に遭遇したようにぎょっとする。見て見ぬふりもできずに足を止めると、助けを求める声がした。

「鶴川さん！」

紘人のひと声に、女性たちが振り返る。恐い。気のせいではなく、みんな目が吊り上がっている。

「ど、どうかしましたか」

「５１１号室の鶴川さんですね」

たちどころに言い当てられ、いよいよ腰が引けた。女性たちの包囲網がゆるんだ隙に紘人が飛び出し、佑作の後ろに隠れる。なんという軟弱な。初対面の時にみせた凄みやふてぶてしさはどこにやったのだ。

「いったい何があったんだ」

小声で尋ねる。

「立ち話をこっそり聞いてしまって。ちょっとだけですよ」

紘人の答えは奥様たちに筒抜けだ。先手を打った。

「ダメだぞ。失礼なことをしちゃ。何やってるんだよ、もう。ほんとすみません。私からもよく言っておきますので今日のところは……」

「どういうつもりで立ち聞きしたのかしら」

若奥様は三人いた。一番長身の、しっかりした顔立ちの人が容赦なくこちらを睨みつけている。

「つもりも何も、ただなんとなくですよ」

「学校にも行かないで」

破壊力のある言葉が至近距離から放たれる。「学校」だけでなく、「会社」も言いたいにちがいない。冷ややかなまなざしが雄弁に物語る。

「もしかしたら、わたしたちが串本さんのことを話していたのが気になったんじゃないかしら。だとしたら、そこの高校生くん、ひょっとして串本さんのお仲間？」

左右にいた他の奥さんがすばやく彼女の腕を摑み、「ダメよ」とたしなめる。佑作にしても顔色を変えずにいられなかった。「お仲間」という一言に、侮蔑じみたものを感じたのだ。

「どういう意味ですか。串本さんと親しいのはこの子じゃなくて私です。何か思うことがあったら私に言ってください。串本さんがどうしたって言うんですか」

「心当たりはないですか」

串本さんが侮辱される心当たりだ。

「ありません。とてもいい方でしたよ。歳は離れていましたが、友だちのように親しくさせてもらいました。嫌な思いなど、一度もしたことがない」

自信を持って言い切ることができたが、頭の片隅でもしやという思いもよぎった。ついさっき目の当たりにしたナントカ会。あれがほんとうに宗教的な集まりだとしたら、そして串本さんが興味を持ち、誰かを誘っていたとしたら。状況は変わる。

宗教活動を毛嫌いする人はたくさんいる。胡散臭く思う人もいる。若い奥さんたちやその周辺に串本さんから勧誘されて不快な思いをする人がいたら、好意的でないひそひそ話もあり得るのかもしれない。

「鶴川さんにとってはそうかもしれませんが、あなただって、串本さんのすべてを知っているわけではないでしょう?」

　返事に窮(きゅう)する。彼女の右隣にいる丸顔の主婦が、「もうやめましょう」と割って入った。

「わたしたちだってあやふやなのよ。こんなところで言い合いなんかすべきじゃないわ。鶴川さん、わたしたちこの頃、ぴりぴりしてしまって。すみません。また今度あらためて」

「そうそう、行きましょう。お騒がせしてどうも」

　ふたりの主婦は無理やり話を終わらせ、もうひとりの背中を押してその場を去って行った。あとに残され呆然(ぼうぜん)としていると、郵便受けのところに制服姿の高校生らしき少女が立っているのに気がついた。ただならぬ気配に、彼女も足を止めたらしい。佑作と目が合う前に、エレベーターホールに駆けていった。

　紘人の祖母と交わしたやりとりを、彼に伝えていいものかどうか。おばあさんは孫に隠しておきたかったのだと思う。はっきり語らなかったのが何よりの証拠だ。

できることならふたりの仲に水を差したくないが、若い主婦たちとの直接的なトラブルがあった今、頭をよぎった「もしや」を話さないわけにはいかなかった。

斜め向かいのマンション、グリーンハイツにおける、ふつうではなさそうな趣味の会について、佑作は見聞きしたままを伝えた。受け取った名刺も取り出す。紘人はちらりと視線を向けるなり顔を曇らせた。

「君のおばあさんにはおばあさんなりの事情や気持ちがあるだろうから、そこは尊重しなきゃいけないと思うよ。今ここで話したいのは、おばあさんではなく串本さんのことだ。そこはごっちゃにしないようにね」

　頭が縦に振られる。みっしり髪の毛の生えた若い頭だ。

「ぼくもほんの少しだけ、もしかしたらって思っていたんです。そういう可能性もあるかなって。ちょっと、悩み事を抱えている人なので」

「悩み事か。それで言うと、串本さんについては未だにわからない。これまで特定の宗教にはまっている雰囲気はなかったんだが」

「部屋に飾ってあった写真もサン・ピエトロ大聖堂やブルーモスク、アンコール・ワットの遺跡など、なんでもありでしたね」

　何を言われているのか一瞬、きょとんとしてしまった。少し遅れて合点がいく。キリスト教、イスラム教、仏教か。

「そうだね。君の撮った502号室の写真で、他に気付いたことはあったかい？」

　エントランスから佑作の部屋へと移動していた。名刺をしまいながら話題を変えると、紘人の表情に生気が戻った。ジャケットのポケットから折りたたんだ紙切れを出し、食卓の上に広げる。

加々見さんの話、久保という若い男の話、紘人の祖母の話、若い奥さんたちの話。あやふやで意味のわからない話ばかりが山積みだ。何ひとつ光明が見出せないが、紘人は昨日までの「まとめ」に追加情報を書き足していた。ナントカ会についてもあとで記入するだろう。今は手がかりを集めるときだ。

５０２号室の写真はよくあるL判サイズと、それを引き伸ばした拡大画像が、A４のコピー用紙に印刷されていた。

「もっと他にもあるんですけれど、気になったのだけ持ってきました」

紘人は「まずこれ」と指をさす。串本さん宅の和室だ。壁に向かって設置されたパソコンデスクの足下あたりか。

「部屋に飾ってある写真を見る限り、串本さんは自分の入った写真を撮っていません。でも、ここをよく見てください。立てかけられているのは自撮り棒です」

嘘をつかれ、のぞき込む。五十センチほどの棒の先に、四角い器具がくっついている。

「これ、自撮り棒か」

「あの部屋で見たことはなかったですか」

「ああ。でも一週間くらい前かな、その手のものを聞かれたことはあった。『鶴川さん、持ってる？』って。持ってないから『いいえ』と答えた。自分の顔なんか撮りたくないですよと言ったら、ぼくもだよと笑っていた。けれどどこにあるってことは買ったんだろうか」

なぜ。どうして。らしくない。

「自撮り棒で何を撮ろうとしてたんでしょうね」

疑問だけを投げかけて、紘人の指は次の一枚に移る。

「畳の上に落ちていた紙切れなんですけど。拡大したのを見てください」

白くて小さな紙切れだ。細かい文字が印刷されている。

「もしかしてレシート？」

「はい。ふたつ折りになっているから見えにくいんですけど、日付の部分はなんとかぎりぎり」

拡大した写真も差し出されたが、ぼやけてしまい見えづらい。佑作は引き出しからルーペを持ってきてL判サイズの方をのぞき込んだ。かろうじて読み取れた日付から指折り数え、ハッとする。

「串本さんの亡くなった日だ」

「ですよね」

「しかも、品目に『生ビール』ってのがある。『お通し』も。居酒屋だろうか。待てよ。居酒屋で生ビールを飲むのは早くて夕方、ふつうは夜だ。でもこの日の串本さんは夕方からマンションにいる。エントランスで会った加々見さんも何も言っていなかった。つまり串本さんに飲んでる気配はなかったんだろうな。もともと居酒屋で一杯ひっかけるタイプではなかったし、ここ数年はアルコールを控えているようなことを言ってた」

「だとしたら、このレシートは串本さんのものではないってことですね？」

「別の人間が落としたのか。ああ。紅茶のカップの客人？」

お通しを食べ、ビールを飲んだ後、５０２号室に来て紅茶のもてなしをうけた。

「なんとなくちぐはぐだけど、ありえない話じゃないか」

「レシートが落ちていたのは和室なので、そこもちぐはぐですね」

リビングルームならばもてなしをうけつつ落としたと考えられるが、和室か。わざわざ何をしに入ったのだろう。

「重要な手がかりかもしれないが早合点（はやがてん）は禁物だ。要再考としておこう」

「ようさいこう？」

紙のはじっこに漢字で書いてやる。

「あーあ。なるほど。自撮り棒も要再考ですね」

漢字の横に「レシート」と「自撮り棒」が書き入れられる。

「あとは、目につく場所に飾られていた写真を見て思ったんですが、串本さん、花が好きだったんでしょうか」

「そうだね。特に春の花が好きと言ってたよ」

すっかり古びて色あせたものもあるのに、チューリップやすずらん、すみれ、菜の花は、引っ込めずに飾られていた。

「写真の他にもお土産物を集めたコーナーがありました。ファイルの詰まった棚の一番奥」

見せられてもピンとこない。こんなところあったっけなあ。というのが正直な感想だ。白いアルパカ人形やキーホルダーになったオランダの木靴、小さなマトリョーシカ、キリンのぬいぐるみ。それらの土産物の間に埋もれるようにして、写真立てがひとつ置かれていた。

ルーペでのぞき込む。

「写っているのは若かりし頃の串本さんだろうか。となりに誰かいるみたいだけどわからないな。女の人っぽいから、もしかして奥さんか。それとも妹さん、律子さんのお母さんか」

気付けばよかったのに。しまい込まずに置いてあったのだ。聞けば話してくれたのではないか。聞いてみたかった。

「ぼくが気になったのはこれくらいなんですけど、鶴川さん、気付いたことや思い出したことはありませんか。他の写真も見てください」

スマホを渡され、画像をスライドして見ていくが、途中で止まってしまう。悲しくなるばかりだ。

「最初の話題に戻るけど、串本さんはなぜ宗教っぽい活動に興味を持ったんだろうねえ。体調への不安や人恋しい気持ちがやっぱりあったんだろうか」

「宗教って、なんとなく変わったことをするイメージがないですか？　遺体を動かしたのも、実は宗教的な意味や理由があったりして」

「は？」

「独特の弔い方というか、ふつうの人には考えられないような儀式が、あるかもしれないじゃないですか」

発想がぜんぜんちがう。佑作は亡き人を偲んで気持ちが沈み込んでいるのに。

「たとえば、ほら、塩を盛ったり振りかけたりするでしょう？」

「清めの塩か。あれはごく一般的な風習だろう」

「方角が悪いっていうのはどうです？　遺体の倒れている方角がよくないから、わざわざ動かしたとか」

「風水みたいだね。でも風水とは関係ないと思うよ」

「ナントカ会に聞けたらいいですね。うちのばあちゃん以外で」

それが一番手っ取り早いが、ガードは堅いだろう。

「このマンション内に他の会員はいるだろうか。加々見さん、知っているかな。沼田さんは話が大きくなるから聞きづらいし」

「姪の人はどうです？　最近、串本さんが親しくしていた人を聞いてみては」

「律子さんか」

重要なキーパーソンだ。ナントカ会の活動に限らず、串本さんの義理の甥の息子の話もしなければならない。串本さんの奥さんが亡くなっている件を耳に入れたい。律子さん自身が遺体を発見したときの状況も、なんとか頑張って聞き出したい。場合によっては例の不可思議な出来事を打ち明けてもいいのでは。いやそれは危険か。

「でもな、律子さんの連絡先がわからないんだ。管理人さんはたぶん教えてくれないし。そうだ。もしかしたらとなりの石塚さんが知っているかもしれない」

ひとり暮らしの伯父を案じる身として、律子さんにシンパシーを感じていたようだ。石塚さんは小学生の子を持つ母であるが、先ほどの若いお母さんたちに比べればおそらく年上。あの人たちとの付き合いはなさそうだ。昨日も串本さんに対して好意的だった。

「ダメ元で聞いてみよう」

おっかなそうな人たちには及び腰だが、優しそうな人にはすぐ飛びついてしまう。紘人もそこは似ているのか、くっついてくる。

となりのチャイムを押すと、石塚さんは甘いお菓子の匂いをまとい、あら、なんでしょうかという雰囲気で出てきた。

後ろの紘人に気付くなり首を傾げたが、その説明よりも訪問の理由を先に話す。502号室にやってきた串本さんの義理の甥の息子について、律子さんに伝えたいことがある。連絡のつくメアドなり電話番号なりを知りませんかと。

最後まで言い切る前に、石塚さんは「義理の、甥の、息子」と大いに驚いた。

「そういった方がいたんですか。律子さん、知っているのかしら。義理でもなんでもいいから、手助けしてほしいこともありましたよねえ。きっと」

「はあ」

佑作としては「なので連絡先を」と続けたかったが、石塚さんの口が先に開く。

「ひとりで頑張っていたから、今頃疲れが出てなきゃいいけど。私、串本さんが亡くなる前の日も律子さんを見かけたんですよ。夜の十時頃だったかしら。昼間買った食パンを自転車の前の籠に置き忘れてしまって、それを取りに行ったんです。うちの駐輪場、ほんと詰め込みすぎですよ。夜は特にぎゅうぎゅう。体を割り込ませるのもひと苦労で、必死に手を伸ばしていたら律子さんがマンションに入っていくのが見えて。なんか暗そうな顔でした。早足だったから声をかけるひまもなくて。串本さんの具合がその頃から思わしくなかったのかもしれませんね」

前の日の夜、十時頃？
律子さんが来ていた？
午後九時すぎには、すでに串本さんは亡くなっていた。
訪ねたとき、死体はなかったのだろうか。気付かないなどありえない。

第六章　さまざまな濃淡の

　にわかには信じがたい話だった。串本さんが亡くなった当日、律子さんがマンションに来ていたなんて。

　息をのむ佑作に気付くことなく、石塚さんはしゃべり続ける。葬儀はいつかしら、どこでやるのかしらと世間話のノリだ。無言になっていると背中をつつかれた。斜め後ろに立つ紘人だ。軽くではなく強めに。しっかりしてくださいよと言いたいのか。

　仕方がないじゃないか。こんな話、誰だって驚くだろ。

「ですからその、葬儀の件もありますし」

　背後の気配を振り切って言葉をひねり出す。落ち着こう。今はとにかくあれだ。紘人の得意なポーカーフェイス。

「手伝いが必要なら早めに言ってほしくて、律子さんと連絡が取りたいんですよ。石塚さん、ご存じですか」

「ええ。でも、ここでいきなり教えるのはちょっと。ご本人に聞いてみないと」

ためらわれて、「もちろんです」と恐縮する。

「私に教えてもいいかどうか、石塚さんから律子さんに聞いていただけませんか。ダメでもぜんぜんかまいません。なんなら、こちらの番号を言いますので、用事があったら連絡をもらうという形でも」

「それもちょっと。とにかくショートメールを送ってみます。返事があったらお宅にうかがうのでいいですか。この後いらっしゃいます?」

佑作はできうる限り丁寧に微笑んでうなずいた。あとは早々に退散したかったが、「自転車置き場の件をもっと詳しく」と耳打ちされる。どう詳しくだよ。今は深追いしない方がいいんじゃないのか。顔に書いて伝えると、じれったそうに「時間」と言われる。自分で聞けよと返したかったが、高校生が聞き込みの刑事さながらに尋ねたらいよいよ不審がられる。

「鶴川さん、どうかしましたか」

「えーっと、あの、この子は六階の男の子なんですけど、三日前の夜、串本さんの遺体が発見される前の晩ですね、五階の通路を歩いている人を見かけたそうで。なんかちょっと、あれは誰だったのかと気にしているんですよね。石塚さんの話からすると、律子さんだったのかもしれません。正確な時間はわかりますか?」

石塚さんは眉をひそめたり訝しんだりするよりも、佑作と紘人を見比べ、まるでおかしなものでも見るようにぷっと噴き出した。

笑った理由はふたりの取り合わせがひどく珍妙に思えたから、らしい。もっと婉曲な言い方ではあったが、笑ってしまうほど滑稽だったのはまちがいない。このさい気味悪がられるよりましだ。なにごとも前向きに。

じっさい警戒されることなく状況を話してくれた。石塚さんはあの夜、置き忘れに気付くなり、食パンを取りに行くことにした。時計を見れば九時五十分。今なら十時からのドラマに間に合う。そう思って大急ぎで玄関を飛び出したそうだ。

ところが自転車置き場まで降りてみると自転車はめいっぱい駐められている。前の籠まで手が届かない。ドラマは毎週録画されているので追っかけ再生で見ることにして、腰を据え、左右の自転車を動かし始めた。するとそこに律子さんが通りかかった。

石塚さんの話を聞き、佑作の家に戻ってすぐ、紘人は食卓の上に白い紙を広げた。三日前の出来事を書き込んでいく。

それによれば、佑作が502号室に入ったのが夜の九時二十八分。

自室である511号室に帰宅後、紘人が訪ねて来たのは四十五分頃。

初対面のふたりが玄関の三和土でやりあっているとき、突き当たりである512号室に住む石塚さんが五十分に自宅を出た。そのまま自転車置き場へと降りていった。

紘人に無理強い(むりじ)され、佑作が再び串本さんの部屋に向かったのはそのあと。だいたい五十五分くらい。

十分ほどで手帳を回収して佑作の部屋に戻った。

この間、自転車置き場の前を通り過ぎる律子さんが目撃され、他の家を訪ねたとは考えにくいので、おそらく佑作と入れ違いに502号室に入ったのだろう。

佑作の家から引き揚げた紘人は、串本さん宅の玄関が開いていることに気付いたわけだが、これはつまり、律子さんが閉めそこねたのかもしれない。

佑作と共に玄関を見に行き、サンダルが挟(はさ)まっているのを見つけて外(はず)した。

玄関を閉めたのち、すみやかに解散。

石塚さんが自転車を片付け、食パンを手に五階に上がってきたのは、おそらくふたりが各々の部屋に戻った直後。時間にして十時二十分あたりだろうか。

「めまぐるしくいろんなことがあったんだね」

「ちょっとでもずれたら鉢合(はちあ)わせでしたよ」

簡潔に整理されたタイムラインをじっと眺(なが)め、佑作は思わず言った。

「よく見ると、君とぼくが玄関先で押し問答をしてる間にいろいろ起きている。石塚さんが通り過ぎ、律子さんがやってきた。要するに、君がだらだら因縁(いんねん)を付けたりするからややこしくなったんだ」

「結果論じゃないですか。よく考えてくださいよ。ややこしくした一番の張本人は……」

言いかけて、バツが悪そうに口ごもる。通報がただちになされていれば事態はもっと簡単だった。そう訴えたかったのだろう。佑作にしてみれば正論なので<ruby>音<rt>ね</rt></ruby>も出ないところだが、通報に関してはその前に紘人の祖母がいる。

「とりあえず、今はっきりさせたいのは串本さんが亡くなったときの状況ですよね。それと、なぜ遺体が消え、再び出現したのか」

まずい話題はあっという間に棚に上げ、何食わぬ顔で話を切り替える。いつもながら堂に入ったものだ。

「律子さんのことはほんとうに驚いた。何しに来たんだろう。今までは日中だったと思うんだが。あの日に限って夜。急用でもできたんだろうか。それとも誰かに呼び出されたのか」

「誰かって、誰ですか」

「さあ」

十時過ぎというのは年配の人にとって遅い時間だ。身内といえどもふらりと立ち寄るのは考えにくい。

首をひねっているうちに妄想が広がる。ティーセットでもてなされた客人は倒れた串本さんに驚き、何かしら手を打とうとしたのかもしれない。手というのはたとえば、律子さんの呼び出しだ。両者が既知の間柄ならば連絡を取り合うことは可能だろう。

「鶴川さん、何を考えてるんですか」

ただの邪推だよと前置きしてから、頭に浮かんだことを打ち明けた。紘人は否定もしなければ肯定もしない。ふむふむなるほどと言いたげな顔になり話の筋道を立てる。

「自転車置き場で目撃された律子さんが、そのあと502号室に入ったとして、時間は鶴川さんが手帳を回収しに行った直後になります。遺体はリビングにあったはずです。律子さんが気付かないのはおかしい。ということは、見つけたのに口をつぐんだんですね」

通報を怠った人間がもうひとり加わりそうだ。

「そして鶴川さんの今の推理を当てはめると、律子さんは部屋に入るより前に、串本さんの異変を知っていたことになります」

「どうして」

「呼び寄せようとした人が言ったんじゃないですか」

そうかと膝を叩く。思いつかない我が身がもどかしい。大変なことが起きたからこそ、律子さんに連絡を取ったという妄想、あるいは邪推、かっこつければ推理なのだから。

「待てよ。その人は紅茶を飲んでから律子さんが来るまでの間、ずっと部屋にいたんだろうか。もしそうならぼくも君のおばあさんも見られていたことになる」

あの夜、佑作はドアをノックし、何度か声をかけてから室内に入った。隠れる時間はあっただろう。トイレか洗面所などに潜んでいたのかと思うだけで鳥肌が立つ。

「男の人でしょうか。それとも女の人？」

「男ならば、律子さんの彼氏だったりして」

　たちどころに妄想が膨らむ。

「その彼氏が、彼女の伯父である串本さんに折り入っての話をしていたら、当の串本さんが倒れてしまい、あわてて律子さんに電話した。おお。辻褄が合うじゃないか。男は……そうだ、妻子持ちなんだよ。それでおおっぴらにできず、警察にも連絡できず、遺体そのものを隠蔽しようとした」

「たとえば、どこに。どうやって？」

　そうだなあと腕を組み、怪しげな山奥の雑木林などを思い浮かべる。大きなスコップが地面にめり込むところを想像し、ハッとした。

「やめよう。はなから律子さんを疑うなんて失礼すぎる。申し訳ない」

「律子さんが何もしてないと思ってるんですか」

　あきれた声を出され、言葉に詰まる。紘人にとって律子さんの印象はすっかり灰色、それも黒に近い灰色なのだろう。無理もないとは思う。でも彼にしても、祖母の絡む話ではいつも歯切れが悪くなるのだ。隠さなければならないことがあるにちがいない。佑作の目から見れば紘人も祖母も疑わしい。そして紘人にとっての自分もおそらく。

濃淡さまざまな灰色の塊がうごめく世界でみんな生きている。いつの時代でも。どの社会でも。他人の胸の内は見えないものだ。

「律子さんは潔白ではないかもしれないが、そんなに悪い人には思えないんだ」

「でも自分の伯父さんが亡くなっているのに、口をつぐんだんですよ」

「ぼくも見て見ぬふりをした。身内と他人のちがいはあるだろうが、通報を怠った点は同じだ」

紘人はしばらく押し黙った後、「ばあちゃんもですか」とつぶやく。

「疑われるような行動を取れば、疑われても仕方ないんですか」

「ケースバイケースだよ。律子さんに関して言えば、今見聞きした状況だけで決めつけず、本人の話を聞いてみたい」

紘人は眉根を寄せ、なぜかむくれた顔になる。今なら本音に近づけるような気がしたが、チャイムがのどかに鳴る。石塚さんだった。

玄関に出ると、石塚さんは「先ほどはどうも」と如才なく言って紙切れを差し出した。

「律子さん、快くオーケーしてくれたんですよ。電話に出られないときもあるかもしれないけどよろしくって」

礼を言って受け取る。石塚さんの声からしても、律子さんとのやりとりはいつもと変わらなかったようだ。

と言った。

「葬儀のことは何か言ってましたか」

「急なんですけど今晩、お通夜なんですって」

石塚さんは駅の北側にある葬儀場の名前を告げる。自分も子どもを連れて行くつもりだと言った。

「さて。どうしたもんかね」

食卓に電話番号の記された紙切れを置き、それを見つめながら佑作は再び椅子に腰かけた。

「いきなり電話でいろいろ聞くわけにはいかないよね」

「はい。お通夜の手伝いに行くことにして、話は会ってからの方がいいと思います」

「なるべく人目につかないところで、時間もあまりないだろうから、もったいぶらずに要領よくか」

「その前提で、じっさいにどう持っていけばいいのか。話の切り出し方や進め方をあらかじめ考えておきませんか」

理路整然と言われ、自宅のリビングルームが会社の会議室に思えてくる。

「えーっと。切り出し方か。こちらが聞きたいのは……」

「まずは三日前の夜、どういう理由でマンションに来たのか、ですよ。次に、串本さんが倒れていたのに気付いたのかどうか。気付いたならなぜ通報しなかったのか。この三点ですね」

細い指がしゅっと三本立つ。

「なぜどうしてと詰め寄っても、律子さん、すんなりとは話してくれないかもしれない。紅茶カップの客人が律子さんの知り合いで、その人に呼び出されたとしたら、言いたくないこともあるだろう」

「とりあえず、鶴川さんは三日前の夜、マンション内で律子さんを見かけたことにすればいいですよ。現に石塚さんは見てるんです。可能性としてありえなくない。律子さんはそれを聞いてどう反応するか。とぼけるのか。ごまかすのか。正直に認めて、理由を話してくれるのか。そこからまた切り込み方が変わってきます。ぼくもそばにいて様子を観察するので、鶴川さんはなるべくふつうに接してください」

「君も行くの？」

鬱陶(うっとう)しい思いがないわけではない。偉そうに指を立てるのもやめてほしい。でも心強いと思ってしまう自分がいるのもほんとうで、慣れとは恐ろしいものだ。

このさい串本さんの祭壇(さいだん)に、彼との探偵ごっこでも報告しようか。

律子さんへの電話は、緊張をほぐすべく何度か深呼吸してからかけた。数コール目でつながる。背後がざわついているので外らしい。まずは鶴川と名乗ると、相手の声が明るくなった。これから自宅に行かねばならないと言う。母親をショートステイの施設にあずけた後、身支度を調（ととの）えて葬儀施設に戻るそうだ。ひどく現実的な話で、探偵ごっこも邪推もかすんでしまう。

「管理人さんや石塚さんにうかがいました。鶴川さんがお手伝いしてくださると。ほんとうでしょうか」

「はい。なんなりと。会社員時代、総務にいたので冠婚葬祭は心得ています」

「もしよかったら、他の方達よりも早めに来ていただけますか。私しかいなくて、私が出てしまうと、誰もいなくなってしまいます。長い時間、伯父さんをひとりにするのも気が引けるので、そばにいていただけると助かります」

佑作はカーテンレールにぶら下がっている礼服に目をやり、了解の返事をした。

紘人には制服に着替えてくるように言い、下のエントランスで待ち合わせることにした。礼服を着て黒いネクタイを締め、茶色の薄手のコートを羽織（はお）ってから出て行くと、エントランスでは管理人さんが掲示板に貼り紙をしていた。佑作の喪服姿にすばやく気付き、これだねと指さす。

貼られていたのは訃報（ふほう）だった。葬儀日程が記されている。今にも後ろから「よう」と、串本さんの声が聞こえるような気がするが、そんな日は来ないのだと思い知らされる。

「律子さんから頼まれたので一足早く行ってきます」

「そうか。よろしくね。こっちは仕事が終わってから、たぶんお通夜の始まるぎりぎりの時間かな。弔問を受け入れてくれることになってよかったよ」

中には拒絶する人もいると、管理人さんは言っていた。

「律子さんを説得してくれたんですか」

「いやいやいや、そうでもない。人望のある人だったから、お悔やみに行きたい人はいますよと言っただけ。律子さん、伯父さんのためにちゃんとしたいと少し涙声だった」

けっして悪い話ではなく心の温まる話なのだが、めまぐるしくふたつよぎった。律子さんの本心はいかがなものか。倒れている伯父さんを目にした時点で、彼女なりに思うことはあっただろう。それはなんだったのか。彼女は夜のうちに通報はしなかった。その真意を探るべく、自分と紘人は出かけるのだ。

もうひとつ、管理人さんにとって串本さんはどんな住民だったのだろう。てらいなく人望のある人と評した。あの若い奥さんたちの口ぶりとまったく異なる。

「実は」

佑作は思い切って話を振った。

「ついさっき、若い奥さんたちに妙なことを言われました。具体的には説明しづらいんですけど、まるで串本さんがよからぬことをしているような口ぶりで」

たちまち「ああ」と返ってくる。心当たりがあるらしい。

「どういうことですか。知っているなら教えてください」

「誤解だよ。そうとしか思えない。だから、あの人たちにはちがうだろうと言ったんだけどね。通じなくて。ぴりぴりしてる気持ちもわからないではない。鶴川さん、直接聞いてみてよ。たとえば３０９号室の森尾（もりお）さんあたり。私はほら、立場上、込み入ったことはしゃべれないんだ」

　無理やりにでも聞き出したかったが、立場を言われると引かざるを得ない。当たって砕（くだ）けるしかなさそうだ。渋い顔になっていると紘人が降りてきた。

　濃紺のブレザーにグレーのズボン。ネクタイは紺と緑のストライプ。思えば制服姿を見るのは初めてだ。だらしなく着崩すのでもなく、折り目正しくきちんとしてるのでもなく、適度に体に馴染（なじ）み、ややくたびれている。高校二年と言っていたから丸二年、これを着て学校に通っていたのではないか。今のように私服だけの毎日ではなく。

「おや、君も一緒かい?」

　管理人さんに声をかけられ、紘人は少しだけうなずく。愛想のなさも十代の男の子そのものだ。手にしていたマフラーを首に巻き、佑作の前をすまして通り過ぎる。

　それきり、中年男と高校生の会話など何もないように思えたが、マンションを出るなり「何を話していたんですか」と話しかけられた。訃報の貼り紙から若い奥さんのことまで、管理人とのやりとりを聞かせる。

話し終わる頃にはもう駅だ。マンションのある南口側から階段を上がって改札口のある連絡通路を渡り、駅の反対側にある北口を目指す。ちょうど電車が着いたらしく、改札口からどっと人が出てきた。もう学校が終わったのか、制服姿の学生も混じっている。いつもなら気にもとめないのだが、今日は目で追っている。無意識のうちに紘人と同じ制服の子を探す。

佑作の足は自然と遅くなったが、紘人も行き交う人々を眺めていた。視線の先にいるのは談笑しながら歩く背広姿の男たちだ。

「何か食べていこうか」

佑作は声をかけ、連絡通路に並んだ店舗の中から適当にカレー屋を選んだ。チキンカレーを奢ってやり、どんなものでもそこそこ食べられるのだからカレーとラーメンは最高のメニューだとしゃべりながら駅の反対側に出た。葬儀会場まで徒歩十二分。ほとんどの人はタクシーや路線バスを利用するだろう。でも穏やかな陽気で、目印となる交差点もよく知っている。歩いて行くことにした。

律子さんからもそんなに急がなくていいと言われている。葬儀会社の人に声をかけ、彼女の都合のいいときに自宅に戻るとのことだ。おそらくすれちがいになるだろう。形ばかりの留守番役だ。

「鶴川さん、ひとつ聞いてもいいですか」

歩き出してすぐに言われた。

「なんだよ、あらたまって」

「会社、どうして辞めたんですか？」

同じことを佑作も尋ねてみたかった。君はどうして学校に行かないのかい？

駅の北側は銀行や飲食店のいくつかを通り過ぎるとなだらかな坂道になっていて、人通りも減る。チャイムの音が聞こえてきたと思ったら小学校だ。フェンスに囲まれた校庭の横を歩いて行く。

「今は転職も珍しくないけれど、昔はそうでもなくて、ぼくはずっと同じところで働いてきた。ガラスメーカーだ。大学は経済学部だったから技術職ではなく、総合職での採用。入社してしばらく営業をやったのち、経理を経て、三十代後半からずっと総務にいた」

紘人は小首を傾げ「総務？」と聞き返した。

「なんでも屋だよ。昔は独身寮があったからその世話や、各種研修会の手配やら、備品管理やら、苦情処理やら。なんでもござれだ。気の利く方じゃなかったけど、それなりに務めてきたつもりだった」

相手が大人ならば、このあと「いろいろありまして」でもって切り上げる。楽しい話でないのはわかりきっている。好きこのんで聞きたがる人はいない。聞かないのがエチケットと心得る人もいる。

けれど紘人は、続きを待つ顔で佑作を見る。単純に知りたいのだ。彼の父親はどんな人だろう。初めて思った。息子に仕事の話をすることはあるのだろうか。

薄日の差す歩道はほのかに暖かく、街路樹の足下に春の花も咲いている。黄色や白やピンク。なんの花だろう。家々の軒先には早咲きの桜もほころび、小鳥が枝から枝に飛び移る。軽やかな眺めは新しい季節の到来を告げているようだが、話はみぞれまじりの冷たい雨風にさらされる。

「あるときから業績が悪化してね。景気の後退や競合他社の追い上げ。海外からの安い製品の猛攻もある。会社としてはいくつかの工場と営業所を閉鎖するしかなかった。その結果、従業員の首切りが始まった」

「リストラですか」

「うん。どこの会社でもあったことなんだろう。いや、過去形ではなく今現在も行われているか。ぼくはなぜかいきなり人事部に異動になり、首切りの責任者になってしまった。二年は頑張ったけれど、三年目をやり通すことはできなかった。つまり、ぼく自身も首切り候補だったのさ。転属願いは通らず、続けるか退職かの二択しかなかった」

「それって、一番嫌な役目を押しつけられたってことですか」

ご明察だ。撥ねのける力が自分にはなかったのだ。責任を分散する力もなかった。そして瞬（またた）く間に多くの社員が疑心暗鬼にとりつかれ、佑作はひとり集中砲火を浴びた。それを間近で見ながら、人事部の同僚は見て見ぬふりを決め込んだ。被害が自らに及ばぬよう、すべてを佑作になすりつけ、わたしは知らない、わたしは反対した、わたしは気の毒でたまらないと言い続けた。本来の責任者である上司さえも。

「会社中の人間から嫌われていくばかりで、味方がひとりもいなくて、ほんとうにどうしようもない毎日だった。でもマンションに帰ってくればね、変わらず接してくれる人がいる。こんばんはと言えばこんばんはと返ってくる。朝なら、おはようございます。寒ければお互い風邪（かぜ）に気をつけましょうと笑みを交わす。側溝掃除（そっこうそうじ）では協力してゴミをまとめ、夏祭りの打ち合わせにも呼ばれ、役割分担は譲（ゆず）り合いながら決まる。鶴川さんがいてくれてよかったと言われたこともある。来年もよろしくって肩を叩かれる。会社とはちがうんだ。あそこがすべてではないと思うことができたから、なんとかやってこれた」

目印となる交差点を曲がると葬儀場を示す看板が見えてきた。歩いたことで体が温まってくる。

紘人は黙って歩き、ときどき何か言いたげに口元を動かしたが言葉は出てこない。立ち止まってまで聞こうとは思わなかった。いろんな会社があり、いろんな人間がいることだけ伝わったらいいなと思う。そしていろんな世界があることも。

紘人がなぜ学校に行ってないのかはわからない。けれどとりあえず今日は、カレーを一いのだ。

緒に食べる相手がいる。行き先が葬儀場であっても、並んで歩く人がいる。ひとりではな

葬儀場についてスタッフをつかまえると、律子さんはすでに自宅に戻ったあとだった。祭壇の用意が調い次第、声をかけると言われ、入り口近くのロビーで待った。二十分ほどして呼ばれ、うやうやしくホールへと案内される。

白い椅子が二十脚ほど並び、正面には光沢のあるカーテンが垂れ、その手前に小さくまとまった祭壇が設けられていた。百合や菊といった定番の花が左右を飾り、真ん中に串本さんの遺影が置かれている。

歩み寄り、まじまじと見入った。楽しげに笑っている写真だ。見覚えがある。夏祭りの準備中、串本さんにカメラを習ったという人が顔を出し、腕試しとばかりに撮った一枚。後日、現像したのをもらい、串本さんは上出来だと褒めていた。遺影にはこれがいいと笑い、まわりからぴったりだと囃されていた。律子さんにも告げたのだろう。

手を合わせたあと、佑作はスタッフにあらためて挨拶し、これからの段取りや注意点を聞いた。加々見さんや沼田さんから電話がかかってきて、一緒に行かないかと誘われたが、もうこちらは葬儀場だ。そんな話をしてホールに戻り、紘人のとなりに座った。

三日前の夜のことを、律子さんに問いただささなくてはならない。葬儀会場はすっかり非

日常の世界で、建物に入るなり今日は無理かもしれないと弱気が頭をもたげた。すべての法要が終わってからというのが大人の分別だろう。

　けれど遺影を見て気持ちが変わった。

「弔問客が来る前に話す時間ができたら、あの夜のことを律子さんに聞くよ」

　佑作の言葉に紘人はうなずいた。

「串本さんの、義理の甥の息子の件も話すんですよね」

「いけない。忘れてた。向こうにも連絡しなきゃいけないな。さすがにお通夜は無理だろうが、明日の告別式なら来られるかもしれない」

「律子さんに話すときは、その話をあとにしてください。三日前の夜について聞く方が先です」

　順番が肝心だと釘を刺される。そして一発勝負だ。相手の顔つきや声のトーンに注意を払い、要領よく話を進めていく。たたみかけてみたり、相手の言葉をじっくり待ってみたり、うなずいて共感を示したり、表情を引き締めて甘くない状況を醸し出してみたり、こちらの弱音も混ぜてみたり。

　考えているうちに、会社の会議室で行われたかつての面談が次から次に蘇った。育ち盛りの子どもを抱えている、配偶者が倒れ入院中、家のローンが数十年残っている、田舎から老親を呼び寄せたばかり……。自分が稼がなければ路頭に迷うと何度言われたことか。次のあてもないのに辞めることはできないと肩をふるわせる人もいた。こんなに頑張ってきたのに、ちゃんと貢献してきたのに、なぜ自分がと、憤ったあとの話だ。

自尊心を激しく傷つけた当の相手に、哀願しなくてはならない。どれほど口惜しかったか。やるせなかったか。相手というのは佑作ではない。会社組織だ。でももしかしたら、佑作というちっぽけな個人を恨んだ方がらくだったのかもしれない。あいつのせいで辞めさせられる、ふざけんなと息巻いていた男もいた。そんな力が佑作にないことを、まわりも当人もほんとうはわかっていたのではないか。

「君はなんで学校に行ってないの？」

昔のことを思い出し、箍がゆるんでひょいと口から出た。紘人は驚く顔になったが、そっぽを向くことなく答えた。

「友だちと揉めて、何もかもが嫌になって」

簡単に言うが、ほんとうに簡単ならばずるずる休んだりはしないだろう。もっと冷徹に、うまく立ち回れる子だと思っていた。最初の印象からすると、優等生を演じて陰でほくそ笑むような賢いワル。けれど思いがけず、おばあさんという弱点を持っている。わかりやすく口ごもるところなど、クールでもなければスマートでもない。

「鶴川さんの話を聞くと、たぶんずっと、鶴川さんの方が大変だったと思います」

そうだろうか。

「学校も会社も、死ぬほど追い詰められる人はいるからね。どっちもどっちじゃないか。無理することはないって、なんにでも通じることだよ」

　年長者らしく、少しはもっともらしいことを言ってみた。紘人は唇をきゅっと結ぶ。うなずかない。昔の自分は「無理しなくていい」が一番欲しかった言葉なのに、彼はちがうらしい。何を望んでいるのだろう。

　喉(のど)に力が入り、咳(せき)が出た。

「なんか、喉が渇いたね。飲み物でも買ってこようか。そうだ。この先にコンビニの看板があったじゃないか。軽くつまめるような物もほしいな。お通夜が終わるまで何も食べられないよ。カレーだけじゃ腹が鳴りそうだ」

「ぼく、行ってきましょうか。つまめるって、おつまみですか」

「ちがうよ。おにぎりとかパンとかさ」

「それ、軽くって言うんですか」

　立ち上がり買い物の相談をしているとドアが開いた。予想より早く、まだ三時半。喪服姿の律子さんが入ってくる。黒いワンピースに黒い上着を羽織り、靴(くつ)も鞄(かばん)も黒。お葬式なのだからしょうがないのだが、いつもの薄化粧と相まって、年齢より老(ふ)けて見える。くたびれきった、いかにも幸(さち)薄そうな中年女性だ。

佑作を見るなり助かりましたと礼を言い、紘人を見て目を丸くする。こいつも串本さんの知り合いなんですよ、カメラを習っていたんですよ、などと適当にごまかした。律子さんはスタッフとの打ち合わせがあるそうだが、聞けば朝から何も食べてないという。紘人に千円札を二枚渡し、律子さんの分まで買ってくるよう頼んだ。

コロッケパンやおにぎりで小腹を満たした後、再び祭壇のあるホールで弔問客を待つことになる。紘人は後方でスマホをいじっている。そうしながら聞き耳を立てているのだ。

律子さんとは椅子をふたつほどあけたところに座っていたが、立ち上がってとなりに腰掛けた。「いいですか」と断ってから動いたのだが、律子さんはたちまち緊張した雰囲気で身構える。

いつもの彼女となんら変わりがない。おにぎりの具で遠慮がちにタラコを選ぶところも、あわてて代金を払おうとするところも、これまで見てきた彼女のままだ。

だからこそ、覚悟を決めて話を切り出す。

「実はひとつ、気になっていることがありまして」

「なんでしょうか」

「串本さんが発見される前日の夜、十時くらいに律子さん、うちのマンションに来てますよね」

ガタリと椅子が音を立てて動いた。律子さんが腰を浮かし、お化けでも見たかのように恐れおののいたのだ。

「危ない。椅子から落ちますよ」

「どどどどど」

彼女の心に共鳴するように、撫でつけた髪の毛が乱れる。こういう日こそ、遅れてもいいから美容院でセットしてくれればよかったのにと、男の自分でも思う。助言してくれる人が彼女のそばにはいないらしい。

「ど、どうして」

「とにかく座ってください。今言ったことは他の人にしゃべっていません。内々の話ですから」

石塚さんの顔が浮かんだが、話すとややこしくなるので省略。

「あの夜、律子さんは十時頃に串本さんの家に入りましたよね」

５０２号室を特定して、念を押す。律子さんは不安げに目を泳がせながらも、首を縦に振った。入ったところを見られたと思ったのだろう。佑作は紘人へとすばやく視線を向けた。彼もうなずく。互いに親指を立てるイメージ。

「あのときすでに串本さんは亡くなっていたのでは」

返事がない。律子さんはフリーズしたように固まる。

「串本さんの死亡推定時刻はいつだったんですか」

医者の見立てでは発見された日の前夜と出ているはず。どれくらい詳しく判明するのかはわからないが、十時前であることは告げられているのではないか。

「鶴川さん、私は何も知りません。ほんとうです。玄関先で伯父さんを呼んだけれど、返事がなかったので上がらないで帰ったんです」

「何分くらい玄関先にいましたか？　一分や二分じゃなかったですよね」

「ご、五分」

言いながら彼女は顔を歪め、今にも立ち上がって逃げ出しそうだ。そうなっては収拾がつかないのでなだめて落ち着かせたい。が、しかし、長引くのも避けたい。

「せっかく来たのに、上がらないで帰るのは不自然でしょう。ぼくはただ、前の晩にもう気がついていたんじゃないかと言いたいんです」

「どうして……あなたが、そんなことを。変な言い方しないでください。私は関係ないです。伯父さんの死は心臓発作。自然に亡くなったんです。お医者さんの診断はそうなんです。だからこうしてお通夜もできることになりました」

落ち着こう。律子さんではなく我が身に言い聞かせる。話をはぐらかそうとするが、律子さんは自分以外の第三者については無頓着だ。見られたくない人がいたら、こちらの場所や時間帯をもっと気にする。と、いうことは。

佑作が考えを巡らせながら額の汗を拭ったとき、ふいに紘人が横入りした。

「ぼくと鶴川さん、串本さんが発見された日の昼間、502号室に入ったんです。玄関の鍵が開いていたのでいつもの感じで。そしたら部屋の中には誰もいませんでした。でも鍵がかかってないのは不用心だからと、串本さんの身内を呼ぶことにしたんです」

持ち札をさくっと切った紘人の目配せを受けて、佑作が続けた。

「同じ日の夕方やってきた律子さんは、中に入ってすぐ串本さんを発見しましたよね。リビングに横たわっていたんでしたっけ。けれどほんの少し前に入った我々は見ていない。おかしいじゃないですか」

律子さんは表情をなくし黙り込んだ。手足からも力が抜けたらしく、糸の切れた操り人形のようにくったりする。しばらくして「律子さん」と肩を叩いた。追い詰めている張本人だが、しっかりしてくださいと励ましたくなる。

「魔が差したんです」

つぶやいて、落ちかけていた鞄の中からハンカチを取り出す。

「ほんとうにほんとうにちょっとだけ、魔が。あの夜、学生時代の同級生と久しぶりに居酒屋に行きました。母が施設に泊まってくれる日だったので、すごく久しぶりに。そしたら親の介護や相続の話になり、いろいろ聞いているうちに心配になりました。実は伯父さん、若い頃に一度、結婚してるんです。私は小さかったのでよく覚えてないんですけど、奥さんとは別れて再婚もせず、ずっと独身。そう思っていました。私の母もです。でも伯父さんは正式には離婚してないと突然言い出して。ほんのひと月前のことです」

　例の話だ。

「びっくりしていろいろ聞きました。どんな奥さんなのか。今どこに住んでいるのか。行き来はあるのか。どういう事情があって籍をそのままにしたのか。伯父さんはあまり話してくれませんでした。ただ、先々のことを考えると相続の件をはっきりさせなきゃと。自分にもしものことがあったとき、財産がみんな奥さんに行ってしまうと」

　律子さんにとってはまさに青天の霹靂(へきれき)だった。無意識のうちに、伯父の物はすべて母と自分が継ぐと思い込んでいたのだろう。すでに今現在、伯父の所有するもうひとつのマンションに母娘(ははこ)で住み、光熱費や管理費は払うが家賃はただ同然。感謝しつつもいずれ自分のものになると安心していたようだ。

　けれど話がほんとうならば、相続権は配偶者にある。すべてが目の前を素通りする。今の住まいからも追い出されかねない。それだけはなんとかしてほしいと、律子さんは串本さんに泣きついた。すると串本さんは手続きは必ずするからと約束したそうだ。

「それを信じるしかなかったんですけれど、同級生の話を聞いていたら不安で、手続きのことを直接確かめずにいられなくなりました。それで、まっすぐ帰らず伯父さんの家に寄ったんです」

　佑作は話を聞き、紘人の撮った写真を思い出した。和室で見つけた居酒屋らしきレシートは律子さんの落とし物か。

「部屋の中で串本さんは倒れていたんですね」

律子さんは顔を覆ってすすり泣いた。そこですぐに通報していればと、この世のすべての人が言えても、佑作には言えない。自分がもっと前に通報していれば、律子さんに道を踏み外す余地を与えなかった。

正式な遺言状を伯父さんが作ってくれたのかどうか。問いただす前に亡くなり、律子さんはその死をなかったことにしたくて、遺体を和室の押し入れに隠したと言う。

痩せて小柄だった串本さんならば、たとえ女性でも、大型のスーツケースなどを使って運び出すことは可能だろう。日を改めて車でやってきて、トランクに入れてしまえばなんとか動かせると、とっさに考えたのでは。

律子さんがどこまで本気だったのかはわからない。案外、本人にもわからないのかもしれない。酒に酔い、気が大きくなり、行き当たりばったりの行動に出たというのは想像に難くない。そして酔いが醒めたとき、なんと思ったやら。翌日の呼び出しは、ひょっとして天の助けだったのかもしれない。ひとりで部屋に入り、たった今見つけたように装える。

「私のしたことは何かの罪になりますか」

「ならないですよ」

佑作は遺影を見ながら答えた。あの写真を彼女は選んだ。彼女なりに精一杯、喪主を務めようとしている。串本さんが姪の告発を望むとは思えない。

しばらく鼻の鳴る音が続いた。律子さんは何度もハンカチで目元を拭い鼻を押さえるので、ただでさえ薄い化粧が落ちてしまうのは心配だが、お通夜の席なら赤い目もおかしくないだろう。

彼女が落ち着くのを待って、佑作は喪服のポケットから名刺を取り出した。

「実はもうひとつ、お話ししたいことがありまして」

名前が見えるように差し出すと、怪訝そうに眉をひそめる。

「どなたです?」

「先日、502号室を訪ねて来た人です。串本さんの奥さんの、甥御さんに当たる人の息子さんだそうです」

彼女の顔から再び表情が消えた。しばらくしてぱくぱく口を動かす。

「あちらのご家族も、別れたときに籍を抜いたとばかり思っていたと言ってましたよ」

「伯父さんのことを誰かに聞いたんですか。そうですよね。どうしよう。私も知らせようとしたんです。ほんとうです。でも連絡先がわからなくて。伯父さんの手帳とかを見てもわからなくて。富子さんって言うんですよね。伯父さん宛に手紙が来てたんです。封筒の裏に富子って。名前だけで、住所も電話番号もなかったからどうしようもなくて。無視したんじゃないんです。ほんとうです」

すがるように言われ、佑作はたじろぐだけだ。

「教えてください、鶴川さん、あちらはどうでしたか？　怒っていましたか。奥さんがいらっしゃるなら、私、すぐに喪主は代わります。鶴川さん、先方にそう言ってください。伯父さんが『葬式は律子に任せた』といつも言ってたんですよ。なのでつい。ついつい」

「あのですね、落ち着いてください、この名刺の人が来たのは、ほんの数日前なんですよ」

「数日？　……昨日とか一昨日？　それとももっと前？　何がどうなっているんですか。もっとわかるようにしゃべってください」

聞きたいことや話したいことは他にもあったが、またもや落ち着くのを待たねばならないらしい。ため息をぐっとこらえる。紘人の様子をうかがうと、珍しい生き物でも見るように律子さんを眺めていた。

第七章　まさかあの人が

ほとんど化粧っ気のなくなった律子さんが、再度だか三度目だか落ち着くのを待って、佑作は串本さんの奥さんがすでに亡くなっている旨を伝えた。

これまた律子さんは茫然自失となった。

串本さんの遺体が見つかる前日にもマンションに来ていた件、その死を隠蔽しようとした件。重大な秘密がふたつもばれてしまい、青くなっているところにもってきての急展開だ。いよいよ倒れるのではと危ぶんだが、しばらくぼんやりしたあと首を横に振ったり、唇を嚙んだり、両手の指を絡ませあったりしつつ、視線を祭壇へと向けた。

子どものように顔をくしゃっと歪め、口の中で何やらつぶやく。泣き言や弱音でべそをかくようだったが、拳を握りしめた後は曇りのない表情になる。四十いくつの大人として、世話になった伯父にやっと向き合えたのではないか。

奥さんよりあとに亡くなることで、遺言状いかんにかかわらず、遺産の類はおそらく妹と姪に受け継がれる。結果として、遺体を運び出さないでよかった。串本さんはやはり姪を守りたかったのだと思う。

　名刺の青年には佑作が連絡を取ることになった。律子さんには化粧室にでも行くよう促した。相手が男だったら顔を洗ってこいと言ってやりたいところだ。

　彼女を見送ったのち、佑作は胸の中が空っぽになるくらい大きく息をついた。ホールに残ったのは自分と紘人のふたりきり。

「いやはや。精も根も尽き果てた。これで遺体消失と出現の謎は解けましたね」

「ぼくも手に汗握りました」

「聞いてしまえばあっけない」

「あんなふうにどんどんしゃべってくれるとは思いませんでした」

　目の前に立ちふさがっていたのは、コンクリート製の分厚い壁ではなく、手作業で積み上げた石垣だったらしい。体当たりを繰り返すまでもなかった。

「問い詰める形になってしまったけど、我々に打ち明けたことで律子さんの罪悪感が少しでも軽くなることを祈るよ」

「鶴川さんらしいことを。すっかり振り回されたんですよ。もっと怒ってやってもいいのに」

　まったくだという気持ちもあるが、まあまあと取りなしたい気もする。

「もう充分、反省してるさ。あとは紅茶のカップの件だな。あれがまだ残っている」

「その前に、律子さんはなぜ、押し入れに串本さんを入れたんですか？　うやむやにするのはやめましょう。遺体を隠したとしても、あの部屋に一年も二年も放置しておくのは無理でしょう？　変死体として発見されたら、テレビで報道されるくらいの大騒ぎになります。律子さんもそれくらいはわかっていたはず。だったらどこかに運び出すつもりだったんじゃないですか。お酒を飲んだ帰り道となれば、あの夜ただちに動かすのは難しい。後日、車の用意をして、あらためて部屋に来る。とっさにそういう計画が浮かんだのでは。もしそうだとして、別の場所に動かすつもりでも、あの夜に限って言えば、遺体はそのままにして帰るのでよかったと思うんですよ。どうしてわざわざ動かしたんですか。中途半端で不自然です」

紘人の推理は佑作のそれとほぼ同じだが、鋭さでは口惜しいことに上だ。後日運び出すにしても、あの夜はリビングから動かす必要はなかった。

「君の言うことはわかるが、律子さんだからなあ。その場の思いつきとか、隠すことしか頭になかったとか、言い出しそうだ」

「そうかもしれませんが、聞いてみてください」

「はい」

小学生のような返事をしてしまい、しかめっ面になる。頰をひくひくさせているとドアが開いて弔問客が現れた。知らせを聞いて駆けつけた写真サークルの面々だ。中には祭壇に目を向けるなり体を硬直させる人もいた。遺影の写真を撮った人だ。名前はたしか小柴さん。面識があったので、立ち上がり歩み寄った。

「この写真……ですよね」

「はい。まさかほんとうに使われているなんて。ここに来るまで半信半疑で」

「わかります。あまりにも急でした」

「先日の撮影会ではお元気でしたよ。残念すぎます。これ、見せたかった」

小柴さんは茶封筒を手にしていた。中から出てきたのは、2Lサイズというのだろうか、手のひらよりひとまわり大きな用紙にプリントアウトされた写真だ。学校の校庭らしきものや名札の立った花壇、金網の中のウサギ、高台からの眺めなどが写されている。

「川向こうの、本町小学校なんです。私の母校なんですよ。息子も通ったけど今は遠方に住んでいるので、孫たちはちがう学校に行ってます。写真サークルの屋外撮影会で、どこを撮りたいかという話になったとき、小学校を撮りたいと私が言いました。最近はまったく足を踏み入れることがなくなっていたので、あそこからの眺めを久しぶりに見てみたくて」

「よく撮れてますね。そうか。川向こうに小高い丘がありますね」

「そこに建っているんです。わかりますか。写真の一番奥が駅前で、手前の緑の塊が公園で」

「うちのマンションはこれかな」

小さく見える建物を指さすと、小柴さんは微笑んでうなずいた。

「風景もですけど、題材としての学校にも興味津々でした。とは言え今どきはおいそれと入れない場所じゃないですか。撮影会もふつうは許可のいらない場所でするんです。でも串本さんが掛け合ってくれて、土曜日の午後に実現しました。一ヶ月前になります。これが最後の思い出になってしまいました」

佑作は受け取った数枚の写真をゆっくり見せてもらった。撮影時期は二月だ。乾いた土の目立つ花壇ながらも、わずかな緑が春の訪れを予感させる。子どもの字で書かれた名札が微笑ましい。校庭に差す太陽光のコントラスト、陽だまりの中で目を閉じるウサギの毛並みやひげ、のどかな町のたたずまいなど、ただシャッターを押しただけでなく、光の調整やピントの合わせ方など技法を駆使していることがうかがえる。

「どれもいい写真ですね。被写体への温かなまなざしが感じられます」

「そう言ってもらえると嬉しいです。写真には撮っている人の気持ちが表れると、串本さんに言われていたので」

他のメンバーも集まってきて思い出話に花が咲いた。いつの間にか戻ってきた律子さんも目を細めてやりとりに耳を傾ける。髪を撫でつけ少しは化粧直しをしたのか、年相応のきちんとしたたたずまいになっている。

そのうちマンションの住民たちもやってきて話に加わった。沼田さんや加々見さん、石塚さん、他にまだ数名。洟をするようなしんみりとしたひとときと、笑いの起きるひとときが混じり合う。

佑作は途中で部屋を出て、名刺の青年に電話した。葬儀の日程や場所を伝えると、明日の告別式に自分か、父親か、あるいは身内の誰かが出席すると答えた。会話の中で、伯母の遺品から多量の写真葉書が見つかったと聞かされた。差出人はすべて夫である串本さん。消印からすると古くは別居を始めた直後に遡るそうだ。

「現像した写真を官製葉書に貼り付ける形で、途中から直接、葉書状の紙に印刷していきます。投函したのはほとんどが日本国内なんですけれど、写真はほぼ海外の風景。添えてあるのは『どこそこにて』の一言で、どういう意図があったのか、家族一同、首をひねっています」

写真そのものには大いに心当たりがあった。串本さんの部屋にあった膨大なコレクションの一部だろう。青年によれば、最近まで葉書は届いていたらしい。一番新しいもので十ヶ月前。早春の林を写した一枚に、「カナダ・カルガリーにて」と書かれてあった。

「それ、知ってます。たしかに去年の春先、串本さんはカナダに行ってます。建ちならぶ高層ビルの夕景やヨットハーバー、どこかの公園のトーテムポール、雪をかぶった山並み。そうそう、野原に咲く小さな花々も見せてもらいました」

お土産のメイプルクッキーをふるまわれつつ。

「そのあと健康診断に引っかかり、海外旅行は見合わせると言ってたんですよ」

「ではあれが、ほんとうに最後の葉書なんですね」

佑作にしてみれば、奥さんの気配をまったく感じなかったので、離婚しないまでも交流は途絶えていると思い込んでいた。連絡先さえ知らないのではと考えもした。けれど昨年の春にも葉書を送っていたとは。

「ひょっとして串本さんにとって奥さんはペンフレンドだったんでしょうか」

「ペン……?」

若いのには通じないか。

「昔は、手紙でやりとりするだけの友だちがいたんですよ」

「へえ。そうなんですか」

思いつきを口にしただけなので串本さん夫婦がそうと決まったわけではない。あわてて訂正したりして、いらぬ汗をかいてしまった。

律子さんを廊下に呼び出し電話の報告をした後、この機会を逃したらあとはないかもしれないという思いで彼女を引き留めた。言い出しづらいが、紘人と話し合った疑問をぶつけなければならない。まったくの「ぱしり」状態だが、おかげさまでかなり板に付いてきた。

　案の定、律子さんは話を蒸し返されて強ばったが、佑作はふたつだけと指を立てた。

　ひとつは紅茶のカップの件。話を聞くやいなや律子さんは知らないと首を横に振った。時間からすると夜にはあったはずだ。佑作の困惑を見て取ると不安げにもじもじする。食卓に視線を向けなかったのかもしれない。客人の心当たりもないと言う。

　もうひとつ、なぜ遺体を動かしたのか。これには予想の斜め上を行く返事があった。

「電気ですか」

「そうなんだよ。しばらく何を言われているのかわからなかった」

　お通夜が終わったのは午後七時より十分ほど前。通夜ぶるまいに、律子さんは一口だけでもと出席者に声をかけた。お世話になった皆さんに、伯父もご馳走したかったはずですと言われ、和むやら、洟をすするやら。写真サークルのメンバーもマンションの住民も、ホールとは別のお食事処に導かれた。

　佑作も付き合ったが、腰を落ち着ければ長くなる。用事があるのでとビールの一杯だけでやめておいた。紘人を連れて、早々に引き揚げた。

「いいんですか、ゆっくりしなくて」

「君こそ、若いんだからもっともりもり食べたかったよね」

「ああいうところでは……」

たしかに。もりもり食べるような席ではない。佑作にしても、みんなに混ざって故人を偲んでいては、すべてが終わった感慨にのみ込まれそうだ。お経を聞きながら祭壇に揺れるろうそくを見ているだけで、頭の芯がぼんやりしてしまった。強い力に押し流される前に、抱えている疑問にケリを付けたい。

駅まで戻る道々、紘人には律子さんの返答を話して聞かせた。紅茶のカップは記憶になさそうなので仕方がないが、遺体の移動については思いもよらない理由があった。

発見した夜のうちに遺体をマンションから運び出すのは不可能だと、律子さんも考えたらしい。翌日の夜に車で来ようと決意した。その時点で回れ右をしてさっと帰ればよかったものを、彼女は煌々と照らされているリビングルームの灯りに恐れをなした。

そして、佑作相手にこう言った。

「窓にかかっているのはレースのカーテンだけなんですよ。厚手のカーテンは引かれていませんでした。なので外が真っ暗だと、明るい室内が丸見えじゃないですか」

けれど串本宅はマンションの五階にあり、敷地が接しているのは二車線道路。住宅街の一軒家ではない。

「誰が見るっていうんですか」

佑作が言うと律子さんは「いいえ」と強く否定した。

「中の人が思っているよりよく見えます。私は以前、団地の四階に住んでいたんですけれど、階段を上がっているとそれはもう、つけてるテレビまでくっきり。母にもさんざん注意したのにうっかりの多い人で、夏場なんか網戸一枚ですよ。そしたらあるとき向かいの棟に住む人に、お母さん、寝しなにおやつを食べ過ぎよと注意されて」

それは棟が並んだり重なったりしながら建っている場合だ。声には出さなかったが、聞こえたみたいで重ねて言われる。

「伯父さんも道路向こうのマンションを気にしていました。あそこからだとうちも丸見えだって」

「斜め前ですよ」

厳密に言えば真正面には建っていない。串本さんが気にかけていたとは思えないが、要するに律子さんの気持ちの問題だろう。レースのカーテンを隔(へだ)てた向こうが真っ暗な夜と気付いたとき、彼女は床に倒れている伯父さんが外から見られることを恐れた。このままにはしておけない。かといって厚手のカーテンを引いたり電気を消したりすれば、その瞬間を見ている人がいたら、部屋に何者かがいたことがバレてしまう。そこで電気の消えている和室へと少し移動させた。

ご遺体が暗がりに入り少しは気がすんだが、それもつかの間、今度は玄関の鍵がかかってなかったことを思い出す。寄るつもりはなかったので合鍵は家に置いてきた。開いていたからこそ入れたのだが、かけずに帰らなくてはならない。その場合、伯父さんの友人である近所の人たちがずかずか上がってくる懸念がよぎったそうだ。これには佑作も少なからず責任を感じた。じっさい玄関ドアを開けて「串本さーん」と言いながら上がり込んで、律子さんと鉢合わせしたことがある。あのときは串本さんがちょうどいいところに来たと、コーヒーを淹れてくれたが。

律子さんにしてみれば、翌日の朝から夜までの間にやってくる人がいたら、遺体が発見されてしまうと考え、押し入れに隠さざるをえなかった。

おおよその話をし終わる頃には駅の南口に出ていた。串本さんが奥さんに送っていた葉書について話していると、もうマンションの近くだ。

「別れて暮らす奥さんに写真を送り続けるって、あまりないですよね。それも海外の風景写真ばかり。旅先でも奥さんを思い出していたってことですか」

「そうなんだよね。それだけ聞くとロマンチックだけど、串本さんを思い浮かべるとピンとこなくて。でも送る人がいるってのはちょっと羨ましいな。たくさん撮った中から選ぶ作業だって楽しそうだ」

相手は処分することなく保管していたらしい。串本さんもそれを知っていたのではないか。だとしたら。佑作は夜空を見上げた。瞬く星に話しかけるような、やはりロマンチックなエピソードだ。ぜひとも聞いてみたかった。

「鶴川さん、今日のもうひとつの用事ってなんですか」

半歩前を行く紘人が振り返って尋ねる。マンションの入り口まで来ていた。

「例の奥さんたちだよ」

「聞きに行くんですか」

「このままにはしておけないだろう。もちろん、行くのは君だ」

紘人はとたんに、なぜどうしてと地団駄(じだんだ)を踏むようにして騒ぐ。元気じゃないか。ほんとうに行ってほしいものだ。

「さっきのお通夜の会場を君も見ただろ。集まっていたのはふつうの人ばかりだ。気取りもないし、ややこしくもない。それが串本さんのまわりにいた人たちだ。そしてたぶん、最後の客人にはなっていない。あそこにいた人たちなら、花柄の紅茶カップではもてなされないだろうから。もちろん律子さんもぼくもだ。とすると、いつもとはちがう関わりの中に客人はいたと思う」

遺体移動のからくりがわかった今、残された謎は生前の串本さんが最後に会った人だ。

紘人はうなずいたが、ひとりじゃ嫌だとまだやかましい。

「わかっているよ。一緒に行くよ。ったく。君も使(す)えない男だな」

言ってやった。ついに言ってやった。胸の空くような会心の一撃！

「なに笑ってるんですか」

「いや別に。あははは」

紘人はわかりやすく口元を尖らせる。不機嫌そうな一瞥もむしろ心地いい。

「そう拗ねるなよ」

「そんなんじゃありません。紅茶カップに関する鶴川さんの読み、今までの中で一番鋭いと思いました」

「ほうほう」

「女の人たちにひそひそ噂されている串本さんも、向かいのマンションのあれに参加する串本さんもいつもとちがう。そこに手がかりがあるんじゃないか、ということですね」

宗教活動っぽいサークル。いけない。忘れていた。

それは言わず、胸を張って首を縦に振った。

時間は夜の七時四十五分。小さな子どものいる家庭を訪ねるのに適した時間ではないが、夕飯の後、寝る支度まではまだかかるだろう。

「今から行くんですか?」

「一度訪ねてみて、昼間がよかったら明日、出直せばいいよ」

そんな話をしながらエントランスホールを横切っていると、正面のエレベーターが開いて制服姿の女の子がやってきた。こちらを向いたので目が合うもすぐに視線をそらされる。そのまますれちがうと思いきや、紘人が「あの」と声をかけた。珍しい。

「君、501に住んでるの?」

　女の子は足を止め、露骨(ろこつ)に機嫌悪く「はあ?」と聞き返した。エントランスの明度がぐっと下がる。

「501号室だよ」

「なんでそんなこと聞かれなきゃいけないの。プライバシーでしょ」

「今、502号室の串本さんのお通夜に行ってきたんだ。だからなんとなく」

　冷たい視線が紘人と佑作の首から下に注(そそ)がれ、女の子は「ふーん」と鼻を鳴らす。喪服姿に気付いたらしい。

　小さな顔に長い前髪がかかり、ただでさえ全容の摑(つか)みにくい目鼻立ちだ。もともと若い女の子の顔は覚えにくい。着ているものと髪型が変わったら別人に見えてしまうだろう。極端な風貌(ふうぼう)ではないというのが目の前の女の子の特徴だ。

「串本さんは亡くなったけれど、気になることがあるんだよね。話を聞けそうな人がいるから、これから行ってみようと鶴川さんと相談してたところ」

　紘人は意外なことに話を続けようとする。

「何それ。どういうつもり。亡くなった人の何を聞いてくるのよ。プライバシーって言葉、ほんとうに知らないの? よけいなことはしない方がいいに決まってる。当たり前じゃない。おかしな人と思われるよ。それとも、そういう人なわけ?」

「いや、ちがうよ。ただここの、小さな子どものお母さんたちが串本さんのことを悪く言ってるような雰囲気で。それがなんでなのかわからなくて」

前髪の間から、女の子の目がのぞく。憤怒の灯がともるように見えた。

「陰口って、叩かれるだけの理由があるの。私も串本さんは苦手だった。しつこく何度も話しかけてきたり、待ち伏せしたり、私の写真を撮りたがったりして。断っても隠し撮りしようとしたんだから。苦手だと思うの、しょうがないでしょ。同じことを小さな子どもにしていたら、お母さんたちだって怒るよ。気持ち悪いし、恐いし」

佑作は横から「は？」と聞き返した。女の子が今言ったことはひとつも理解できない。混乱の中、首を横に振った。

「誰か、別の人の話をしてるんじゃないのかな。串本さんは……502号室の串本さんはそんな人ではないよ」

「知らないだけでしょ」

突き刺すような言葉が返ってきた。

「その人のすべてをわかっているなんて、ありえません。串本さんを好意的に言うのは、良いところだけを見てたから。でもそれでもう、いいんじゃないですか。亡くなったんでしょう？　あなたたちには『良い人』とだけ覚えておいてほしいだろうから。今さら誰かに聞いてまわるなんて、止めた方がいいです。串本さんは望んでいません」

佑作は黙り込んだ。いきなり頭から冷水をかけられた上に、突き飛ばされた気分だ。自分より何十歳も年下で、ほっそりした女の子に負けて、よろけそうになる。紘人も無言だった。

男ふたりに軽蔑（けいべつ）するような視線を向けた後、彼女はマンションから出て行った。

エントランスには駐輪場に面した方角に出窓が設けられている。ベンチではないが高さとしてはそれくらいの台座があり、たまに盆栽やりっぱな菊の鉢（はち）が置かれる。ベランダで育てている住民の労作だろう。何もないときは小学生くらいの子どもが宿題を広げたり、ゲームで遊んだりしているのを見かける。

佑作はふらふら歩み寄り、そこに腰を下ろした。たった今、言われた言葉が重くのしかかり、背中はいやでも丸まる。いたたまれない。紘人はとなりに座った。黙っているのも息苦しくて佑作は口を開く。

「君、なんであの子を呼び止めたの？　話をしようとしたんだよね」

「鶴川さんが花柄の紅茶カップにこだわるからですよ」

思いのほか紘人の声は穏やかだ。

「そういうカップが似合うのはどんな人だろうって考え、やっぱり女の人かなと思っていたら、目の前にあの子がやってきたんです。あの子、５０１号室の子ですよね。出入りしてるのを見たことがあります。となりに住んでいるのなら、串本さんとも顔なじみかなって」

「花柄は女性か。いかん。君の方がそれを思いつくなんて。不覚だ」

無理にも笑ってみせる。下を向いていた目線も顔も、持ち上げて続ける。

「でもそれだと、ほんとうに串本さんが女子高生に声をかけたり、待ち伏せしたりしていたことになってしまう」

「ってことは、あの子の話、鶴川さんは本気にしてないんですか」

「びっくりしたよ。今でも動揺してる。言われたとおり、ぼくは串本さんのすべてを知ってるわけじゃない。むしろここ数日、知らなかったことがぼろぼろ出てくる。だけどあの子が嫌っているような面があるっていうのはなあ」

またうつむいてしまう。久しぶりに履いた黒い革靴を見つめる。乾いた道を歩いたから少し白んでいる。

「鶴川さんは串本さんのことを、そんな人じゃないと思っているんですね。でもひょっとしてって、よぎったりしませんか。まさかと思うけど、もしかしてって」

「そりゃね、まったくのでたらめと一蹴はできない。そんな自分がすごく嫌だよ」

「人間って、信用する方がむずかしいのかな。疑う方が簡単で」

人間か。大きく出たなとまた少し笑う。

「信じ切るとか、疑いまくるとか、極端な場面に立つことはめったにないからね。だいたいの人は、どちらも不慣れだ。どっちつかずでゆるゆるやってるのが日常だし」

「でも疑われる方は、ゆるゆるなんて言ってられませんよ」

「ああ、逆の立場ね」

ぽんと視界が変わる。黒い革靴ではなく、無人のエントランスへと佑作は目を向ける。

「疑われる立場ってのもほとんどの人は不慣れだ。身を守るすべを考えなきゃ、ってことさえ気がつかない。いたずらに時間が過ぎ、どんどん立場が悪くなって後の祭りだ。痛いなあ。身に覚えがたくさんある」

人員削減の目標値を言い渡され、首切り役の実質上の責任者になってから、ほんの数ヶ月でまわりの人の自分を見る目は変わった。単なる憎まれ役だけでも音(ね)を上げざるを得なかっただろうが、根も葉もない噂に心を蝕(むしば)まれた。あいつは自分だけ助かりたくて首切り役に立候補したらしい。同期のやつから率先して切っている。残りたいならとセクハラまでやってるそうだ。ああ見えて弱い者いじめが大好物でさ。昔からみんなに嫌われてたよ。典型的な裏表人間。おどおどしてるのはただのポーズ。ほんとうは舌を出して笑ってる……。

「最初はまさかと思っていても、ひょっとして、もしかしてがじわじわと広がり、君の言うように疑う方がらくになってしまう」

佑作の言葉に、紘人の口元が引き締まる。黙ってまっすぐ前を向く。それを見ながら、世の中なんてそんなものだよと言ってしまえたら、疑うよりさらに簡単なのだと思う。だから唇を嚙んだ。したり顔でもっともらしいことを言う大人にはなりたくなかった。若い頃の自分を思い出す。

ちがうことを言おう。簡単でないことを声に出そう。若い紘人のとなりにいるから。

「つまり、最初の『まさか』を忘れちゃいけないってことだ。まさか串本さんに限ってありえない。何かのまちがいだって」

「それで？」

「さっき決めたとおりに、今から話を聞きに行く。管理人さんに推薦された人。３０９号室の森尾さんだ」

足に力を入れて重い腰を上げた。

紘人を取り囲んでいた若い主婦たちは三人いた。全員の名前を知らなかったので、森尾さんが誰を指すのかわからない。三人のうちひとりは、きつい言葉でぐいぐい迫ってきた目鼻立ちのはっきりした女性。もうひとりは丸顔で背が低く、取りなすように間に入ってくれた女性。あとのひとりは印象の薄い人だ。

丸顔の人に当たるといいなと思いながら３０９号室のチャイムを押した。さっきのやりとりで時間を食い、すでに八時十五分を回っていた。人の家を訪ねる時間ではないと恐縮しつつ、インターフォン越しに名前を告げた。紘人もべったり後ろについている。

　間もなくドアが開き、出てきたのは面長であっさりした顔立ちの女性だった。印象の薄い人。得てしてそういうものかもしれない。佑作は突然押しかけたことを詫びて頭を下げた。

「先ほど串本さんのお通夜に顔を出してきました。それでやはりその、午前中の件がもやもやと引っかかってると言いますか、このままだと寝付けない夜を過ごしそうで。ご迷惑なことは重々承知しているんですけど、よかったら少しでも話を聞かせてもらえませんか。もし昼間の方がよかったら出直してきます」

　あっさり顔の若い主婦、三十代後半とおぼしき森尾さんは露骨に煙(けむ)たがることなく、神妙な面持ちでうなずいた。ドアを開けての立ち話も避けたかったのか、ともかく中へと招き入れる。佑作と紘人は身を寄せ合いつつ三和土(たたき)に立ち、後ろ手にドアを閉めた。

　森尾さんは「ちょっと待っててください」と言い残し、廊下の突き当たり、リビングへと向かった。テレビがついているのだろう。賑(にぎ)やかなＣＭソングと子どもたちの笑い声が聞こえてきた。玄関にもかわいらしい靴が並んでいる。

　間もなく戻ってきた森尾さんは、上がるよう言った。

「そこの子ども部屋でもいいですか。ちらかっているんですけど、子どもたちは向こうでテレビを見ています。九時までならおとなしくしてるので」

本来なら三回くらい遠慮するところだが、まわりを気にせず話ができるのはありがたい。佑作はコートを羽織ったまま、紘人と共に七畳ほどの部屋に入った。お子さんが何人なのかも知らないが、女の子がひとりはいるらしい。学習机がひとつ置いてあり、そばにピンク色のランドセルがかけてあった。

視界のすみにそれだけをとらえ、あとはきょろきょろせず、森尾さんがどこからか持ってきた座布団の上に、これまた無駄な遠慮はせず腰を下ろした。目の前に脚の部分が折りたたみ式になった小さなテーブルを出される。子どもたちがお絵かきでもするのだろう。ところどころにクレヨンのあとがついている。なかなかファンシーな座卓だ。

「お茶くらいお出ししたいんですけど……」

「いえ、おかまいなく。時間がもったいないので、ぜひお話を」

そうですねとテーブルの向こうに彼女も座る。

「何もご存じなかったら、さぞかし驚かれたことと思います。でも私たちには私たちなりの理由があるんですよ」

「それを聞かせてください」

首を縦に振り、森尾さんは言葉を探す顔になる。

「順を追ってお話しすると、一週間くらい前に、幼稚園が一緒だったお母さんから連絡がんです」

あったんです。お宅のマンションの人がへんなことしてるって。誰かと思ったら、串本さんのことでした。以前、子ども連れで来たときに、みんなで中庭で遊んでいたんですよね。そしたら串本さんがたまたま通りかかって、中庭に咲いている花や、朝晩よく来ている小鳥の名前を教えてくれたんです。そのとき持っていたデジカメの画像で、小鳥の写真を見せてくれたりして。お友だちのお母さんもそれで覚えていたみたいです」

「へんなこと、とは？」

「お友だちのところは本町小学校に通っています。うちとは小学校の学区がちがったんです」

本町小学校……。どこかで聞いた。ああ、写真サークルの小柴さんの母校だ。

「川の向こうになるので、大人の足でも二十分はかかると思います。その、本町小の近くにある公園で、串本さんを見かけたと言うんです。ただ見ただけじゃないですよ。小学校低学年くらいの女の子に話しかけ、カメラを見せたり、写真を撮ろうとしていたと言うんです。今のご時世、それはすごくまずいです。やっちゃいけないことです」

佑作はあわてて「待ってください」と身を乗り出した。

「誤解です。それはきっとなんてことのない誤解です。ついさっきお通夜に来ていた人に聞いたんです。その人の母校が本町小学校だからと、写真サークルで撮影会があったそうです。先月のことだったかな。もちろん許可をもらってのことです。串本さんはフィールドを広げて、小学校のまわりでも撮影会ができないかと見て歩いていたのかもしれない」

「それは初耳です。少なくとも串本さんは私たちが問いただしたとき、そういう説明はしませんでした。ちがうんじゃないですか」

「いや、でも、しかし」

「話しかけた女の子はひとりふたりではありません。いくつかの公園、路地や神社の境内(けいだい)など、見つけては声をかけていろいろ聞き出そうとする。それが数日にわたってあったそうです。他にも住宅街を行ったり来たりして、人の家をのぞき込んでいたり。どう考えても怪しい行動です。私だって庇(かば)いたかったんですよ。串本さんとはそれまでも顔見知りで、いい人だと思っていましたから。何かのまちがいじゃないかって言いました。でもそのお母さんだって作り話を吹聴(ふいちょう)する人ではないんです。現に目撃者が複数いて、学校に通報されてます。警察にも話が行ってると思いますよ」

おおごとだ。何の気なしに小学生に話しかけたら誤解され、注意を受けたというレベルではないらしい。

「ぜんぜん知りませんでした。そんな騒ぎになっていたなんて。でもやはり串本さんは写真のモデルになってくれそうな子を探していたとか、そんなふうにしか思えません」

森尾さんは眉根をきつく寄せた後、顔つきを少しだけやわらげた。うなずいて息をつく。感情の波を押さえようとしているのだろう。一方的にまくしたて、やりこめるのを避けたいのだと察する。

「鶴川さんがおっしゃることはよくわかります。もしかしたらふだんの何事もないときだったら、みんなももう少し穏便でいられたのかもしれません。でも今はちがいますから」

「ちがう？」

森尾さんの表情が再び険しくなった。

「小学二年生の女の子が行方不明になっているんですよ。ご存じないですか？　本町小の児童です」

思わず「ええ！」と大きな声を出してしまった。となりの紘人も口を大きく開けて固まる。

「知りませんでした。ほんとうですか。いや、行方不明になっている子どもがいるのは知ってます。ニュースも見てます。一度は犯人と噂された青年が無実だったんですよね。そうか、青年の住んでいたマンションはこの近くなんだ。そしていなくなった子どもが住んでいたのも近く？」

考えが及ばなかった。マンションの値動きにばかり気を取られていた。小さな子どもを抱えている人にとって、身近で起きた行方不明事件は恐怖以外の何ものでもないだろう。

「それは、神経質になるのが当たり前ですね。すみません。こちらはつい鈍感になりがちで」

「そう言ってもらえると話がしやすいです」

佑作は全身に力を入れてうなずいた。

「とすると、串本さんは実に厄介な時期にまぎらわしいことをしたというか、もしかしたら、串本さんなりに子どもたちを案じる気持ちがあったというか。そう思うんですけど」

「私たちも最初から目を吊り上げていたわけじゃないんです。なんでそんなことをしたのか真意を知りたかったですし、誤解されるようなことはやめてほしかったんです。だからそれぞれ家族に相談して、私たち夫婦と岸さんの旦那さんの三人で、串本さんのところに行きました」

話を聞いてみればちゃんと筋を通したようだ。けれど串本さんの反応は思わしくなかった。突然やってきた三人に驚き、うろたえたのはしょうがないとしても、隣町の公園に出没した件については何を聞いても要領を得ない。申し訳ない、そんなつもりじゃなかったを繰り返し、子どもに話しかけた意図を話してくれない。曖昧にはぐらかしたあげく、「今は言えない」「待ってほしい」と突っぱねた。

佑作は目を瞬く。

「ひょっとして、串本さんには言えない理由があったんじゃないですか」

「私たちもそう思いました。いよいよおかしいでしょう？　なぜ言えないんですか。行方不明事件のことも話しました。みんな必死に探している。ささいなことでも不審者として警察の取り調べを受ける人も出ている。もっとはっきり話してくださいと。でものらりくらりは変わりませんでした」

その日を境に串本さんの評判は地に落ちたのだ。公園で話しかけていた内容は当事者である女児が母親に語ったそうだ。行方のわからなくなった児童について根掘り葉掘り聞かれたらしい。串本さんがうろうろしていた住宅街に行方不明の子の家があり、のぞき込んでいたのがまさにそれだという話も飛び交っている。

「待ってください。串本さんには犯人の心当たりがあったのかも」

「それを言う根拠はありますか」

「いえ、ただの憶測です」

もしも犯人に心当たりがあるならば、速やかに警察に知らせなくてはならない。けれどまちがえたら迷惑をかけることになる。串本さんは何かしらの確証がほしかったのではないか。

佑作はとっさに想像してみたが、奥さんたちはもっと直接的だ。事件に関わっているのではと疑いを抱いた。森尾さんの話によれば、先ほどの女子高生も絡んでくる。串本さんが待ち伏せをしたり、いやがる彼女にしつこく話しかけたりするのを、森尾さん以外の主婦、岸さんと山室さんが目撃していっそう嫌疑が深まった。

九時五分前に３０９号室を辞して、来たときよりも重い足取りで通路を歩いた。

串本さんはナントカ会なる宗教っぽい集まりに、マンション住民を誘ったわけではないらしい。その話は微塵も出なかった。代わりに、女子高生の訴えがまんざらでたらめでもないとわかった。

これを一勝一敗とするなら引き分けだが。佑作のつぶやきに、紘人は拳を握りしめて肩を叩いてきた。なんだよと振り返ると、笑っているらしい。そして佑作の背後にまわり、首の付け根や肩を揉み始める。彼の方が長身なので力が入れやすいのか、歩きながらでもよく効く。

エレベーターではなく階段で三階から五階に上がる。その間もマッサージは続き「凝ってますね」「コリコリだよ」という会話をしたので、自然な流れで「カップ麵でも食べようか」と声をかけていた。

五階の東通路を歩いて佑作の家に着き、鍵を開けて中に入る。紘人もくっついてくる。玄関の三和土でドアの鍵を閉めるように言ったが、そのドアを細く開き、紘人は隙間から外を見ている。

「どうかした？」

尋ねると、唇の前に人差し指を立てた。佑作はそっと近づき隙間へと顔をくっつけた。ふたりの目が縦に並んだ形だ。串本さんちのとなり、５０１号室から男が出てきたようだ。ドアの鍵を閉め、エレベーターの方に歩いて行く。姿が見えなくなったところで紘人はドアを閉めた。佑作も廊下にあがる。

「あの男も501号室に住んでいるんだよね。前にも見たことがある。ということは、女の子のお兄さんだろうか。両親の姿はあまり見たことがないけど。今度、沼田さんに聞いてみようか。沼田さんちのとなりのとなりだ。何か知っているかもしれない」

今までぜんぜん気にしてなかったのに、ちょっとしたことが引っかかる。人のプライバシーを詮索しようとする。よくない傾向だが、今はのんびり構えていられない。このマンションのどこかに、謎を解く鍵が落ちてないだろうか。串本さんの亡くなった日に何が起きていたのか。それを解く鍵。いつの間にか、串本さん自身も謎の人になっている。


「キツネとタヌキ、鶴川さんはどっちですか？」

礼服から普段着に着替えている間に、湯を沸かすよう紘人に頼んだ。カップ麵のストックから適当にふたつ選んで手渡し、飲み物を聞くと水でいいと言う。熱い麵類に合いそうなノンアルコール系ドリンクはないので、まあ仕方ないだろう。蛇口には浄水器が付いているので直接の水道水よりましなはず。氷くらい入れてやろう。

自分の分は冷蔵庫から缶ビールを取り出した。「いいかな」と一応断りを入れる。「どうぞ」とうなずかれ、カップ麵ができあがる前にプルトップを開けた。

「紘人くん、どっちでも食べたい方をどうぞ」

テーブルの椅子に腰を下ろし、よく冷えたビールを喉に流し込む。ああ生き返る。一気に半分ほど飲んでしまった。これはもう一缶行くだろう。五臓六腑にしみわたる。アルコールの余韻に浸っていると、ことりと音がしてお揚げの載った蕎麦が置かれた。引き出しから割り箸を出してもらい、七味唐辛子をたっぷり振りかけて「いただきます」を唱えた。

カップ麺を平らげ、二本目のビールを三分の一ほど飲んだところでようやく人心地がつく。３０９号室で聞かされたことを佑作は一言でまとめてみた。

「参ったなあ」

先に食べ終わっていた紘人はしきりにスマホをいじっていた。何をしているのかと尋ねれば、行方不明事件について調べていたらしい。

「かれこれ二週間も経っているんですね。小学二年生の女児が学校から帰宅後、友だちの家に遊びに行くと言ったまま夜になっても帰らず、両親が警察に捜索願を提出。事故、あるいは事件に巻き込まれた可能性が高まり、警察は捜査を開始。二日後に近隣に住む男性が捜査線上にあがるも空振り。その後は目立った進展がないみたいです」

「小学二年生だと家出というのは考えられないね。連れ去りか、営利目的の誘拐だろうか」

「そういった情報は今のところないです。二週間経っているのに公開捜査に踏み切ってない、というのも謎です」

「どういうこと？」

佑作は台所に入り、魚肉ソーセージを持ってきて紘人にも一本渡した。彼はへんな顔をするだけだったので、取り上げて剝いてやる。まずかったら食べなくてもいいと言ったが、一口かじり、ふた口かじり、OKらしい。

「進展がないときは公開捜査に踏み切って、広く情報を募るのが一般的だと思うんですよ。それをしないってことは、公にできない捜査上の秘密があるのかも」

「ほう。たとえば」

「営利目的の誘拐なら、すでに犯人から連絡があって交渉が始まっているとか。連れ去りなら、それらしい子を見かけたという情報が入り、探している最中とか。びっくりするほど遠くに連れて行かれたりすると、すぐには見つけられないんじゃないですか？　見まちがいかもしれないし。あるいは本人から連絡があって無事らしいけれど、どこにいるのかはわからないとか。もしくは、家に帰りたくなくて、ふらふらしているところを誰かが見つけて、どこかに住まわせているとか」

「小学二年生の子を？　誘拐犯の嫌疑がかかることくらいわかるだろう。ニュースになっているんだ。バレたら重罪だよ」

「ですよね」

単に思いついたことを言っているらしいが、いろんな発想があるものだ。

「いずれにせよ、串本さんがなぜ小学生の女の子に関心を寄せたかだ。どう考えてもおかしな意味合いではないと思う。だったら真面目な理由があったはずだ」

げっぷが出そうになり、大きくふーと鼻息をつく。紘人は眉をひそめる。

「なんだよ」

げっぷも鼻息も生理現象じゃないか。

「今の、本音ですよね」

「何が」

「森尾さんたちが疑っているようなことを、鶴川さんは考えてないんですね」

あらためて聞かれるといささか居心地が悪い。串本さんのことをまったくの聖人君子と思っているわけではない。隠しておきたい暗い部分は誰にでもあるのではないか。ただそれが幼児偏愛となったら違和感しか生じない。

「何かしら気付いたことがあって、となりの学区を歩きまわった。小学生にも話しかけた。その可能性がある限り、そっちをしっかり突き詰めたい。たとえ失望で終わっても」

最後のひと言を口にするにはそれなりの覚悟がいった。

「鶴川さん、串本さんから何か聞いてますよね」

「なんだよいきなり。ないってば。あったらとっくに言ってる」

「小学生が行方不明となれば大きな事件です。大きいから軽はずみなことは言えない。でもどうしても気になることがあって、もっとちゃんと調べたくなったとき、自分のことを信用してくれる人が身近にいたら、相談したくなると思うんです。串本さんは鶴川さんに絶対、何か言ってる。思い出してください」

そんなことを言われても、困る。きれいさっぱり浮かばない。

「鶴川さん」

「思いつかないんだ。最近で覚えているのは自撮り棒のことくらいで。ああ、手を貸してほしいとか、頼みたいことがあるとかは言われたけど」

「それです！　ほら、あるじゃないですか」

「ちがうって。うちのベランダに、ほったらかしにしている植木鉢があるんだよ。枯れたシクラメンとか蘭（らん）とかがごちゃごちゃしている。あれを処分しなきゃと話したら、手伝おうかと言ってくれたんだ。そのとき串本さんにも手を貸してほしいことがある口ぶりで。だから同じように、ベランダにある不要品の処分だと……」

言いながら自分の両手が勝手に動く。もぞもぞと、そこにないものを摑もうとするみたいに。

植木鉢。ほったらかし。不要品。手伝おうかと言ってくれた串本さんの声。いつもと変わらなかった。問題はそのあと。シクラメンからの連想で、佑作の脳裏に往年の名曲、小椋佳作詞作曲「シクラメンのかほり」が流れた。懐かしさにかられつつとりとめのない話をしたけれど、串本さんの反応はなかったような気がする。

　つまりベランダの不要品を片付ける話から、しばらく間が空いた後、串本さん自身の「手を貸してほしい」という言葉があった。佑作がひとりでしゃべっている間、何を考えていたのか。

　佑作は立ち上がり、窓辺に向かった。締め切っていたカーテンを左右に開く。窓ガラス越しに夜空とその下に街灯りが見える。手前の黒々とした場所は公園だ。

　502号室からの眺めとはまったく異なる。502号室のベランダに立てば、何が見えるだろうか。

　道路を隔てた真向かいには高い建物はないが、斜め前にはマンションが建つ。律子さんはそれについて「伯父さんも気にしていた」と言った。

　あらためて思う。串本さんはその目にいったい何を見ていたのか。

「紘人くん、明日の朝、グリーンハイツに行ってみよう。君のおばあさんが通っているサークルの部屋に」

第八章　踏み込む

道路を隔てて、斜め向かいに建つマンション、グリーンハイツ。そこの五階に「静寂会」なる集まりの活動拠点があるらしい。訪ねてみよう。佑作は心に決めて朝を迎えた。

会社を辞めて以来、七時半起床、八時過ぎに朝食という日課だったが、早くに目が覚めてしまった。まだ七時だ。早朝ウォーキングに励んだ時期もあったが長続きしなかった。ほろ苦い過去がよぎり、ふと、503号室に住む沼田さんの顔が浮かんだ。ウォーキングを終えて戻ると、沼田さん宅のゴミ出し時間と合うらしく、通路やエレベーターでたびたび出くわした。

佑作はベッドから飛び起きて、急いで顔を洗った。曜日に合わせたゴミの用意をする。パジャマ代わりのスウェットの上下にサンダルを突っかけ表に出た。

502号室に住む串本さんの、佑作の家から見て左隣が沼田さん。右隣が突き当たりの501号室。そこの住人について聞きたい。ゴミ出しのついでというのは絶好のタイミングだ。

　どんなふうに切り出そう。通路を歩きながら考えた。あまりにもいろんなことがあって、夜の眠りは浅かった。エレベーターの「下」ボタンを押して、視線を宙に向ける。

　昨日は串本さんのお通夜があり、遺体の消失と出現の謎は解けた。お通夜の席では写真サークルの小柴さんに会い、串本さんと行った最後の撮影会が本町小学校だと聞かされた。

　その場で写真を見せてもらえば、高台から眺める町はのどかで穏やかだった。人々の営みが早春の日差しに包まれているような、つましく平和なたたずまいが広がっていたが、じっさいは事件が起きている。

　小学二年生の女の子が行方不明になったきり未だ見つかっていない。309号室の森尾さんから話を聞き、忘れかけていたことを後ろめたく思った。佑作にしても無事な解決を心から願っているのだ。でもしかし、そこに串本さんが絡んでいるかもしれないとは、予想だにしなかった。

　エレベーターで一階に降りエントランスを歩く。森尾さんの話以上にダメージを受けたのは女子高生の言葉だ。彼女はなんと、串本さんを変質者扱いした。なかったことにしてしまいたい。耳をふさぎ顔をそむけたくなる。でもその前にひとつだけ。佑作は自分に言い聞かせる。確かめておこう。

　のろのろ歩いて出入り口から外に出た。道路に面したところに設けられたゴミ捨て場にゴミを捨てる。

「鶴川さん」

呼ばれて振り返ると沼田さんがいた。

「どうしたの、ぼんやりして。起きてる？」

「ああ、おはようございます」

沼田さんはちゃっちゃとゴミを捨て、朝っぱらから元気良く微笑む。

「昨日はお疲れさま。おかげさまでいいお通夜だったわね。今日の告別式はどうするの？」

「行きます。午後でしたね」

午後二時からと聞いた。

「私は昨日行ったからもういいかと思って。今日は奥さんの方の親族が見えるんですってね。串本さん、奥さんがいたなんて。昨夜はそんな話も出たのよ」

沼田さんと歩調を合わせ、佑作も引き揚げる。知り合いの多い人なので、誰かと立ち話を始めてしまう前に話を聞かなくてはならない。

「奥さんのことは私も驚きました。ぜんぜん知りませんでしたよ」

「ねえ。でもその奥さんも少し前に亡くなったんですって？　相次いでなのね。夫婦ってそういうことがあるのよ」

「串本さん、あの世とやらで奥さんと再会してるでしょうか。あの、その串本さんちのおとなり、501号室のことなんですけども」

何よ、という顔をされる。

「どんな人が住んでるんですか？　いや、その、ちょっと気になることがあって」

「あら」

とたんに沼田さんが眉根を寄せたので、佑作はあわてて目をそらす。数メートル先にあるエレベーターからはゴミを持った男性が降りてきた。「おはようございます」とすれちがう。出かける恰好(かっこう)をしていたので会社にでも行くのだろう。

男性の姿が見えなくなってから、沼田さんは小声で言った。

「鶴川さんまでどうしたの。串本さんからも同じようなことを聞かれたわ。亡くなる少し前よ」

「そうなんですか」

「もしかして、気になっているのはあの女子高生のこと？」

図星だ。二の句が継げない佑作をよそに、沼田さんはすべてお見通しという顔でうなずく。

「私も気になって、あるとき呼び止めて直接聞いてみたの。あなた、ここに住んでいるのかしらって。だってたびたび見かけるんだもの。うちにしてみればおとなりのおとなりに出入りしている子でしょ。でもあの部屋にいるのは若い男だけ。それはまちがいないわ。町内会の会費を集めているときにわかったの。501号室は賃貸で、若い男性のひとり暮らしなわけ」

マンション内には購入者自身が住まず、賃貸として貸し出している部屋がある。賃貸の人は町内会に入る入らないの選択が任意だ。居住している購入者はほぼ強制的に入らされる。

「女の子はなんて？」

沼田さんは口元に手を添え、まわりに注意を払いながら耳打ちした。

「501号室の男性は、お兄さんなんですって」

「お兄さん？」

「親が離婚してごたごたしたみたい。今の自分の家よりも、ひとり暮らしをしているお兄さんちの方がのんびりできるから、学校帰りに寄ったりしてるんですって」

あまり似ていないような気がしたが、似ていない親子やきょうだいはたくさんいる。自分も姉や妹にちっとも似ていない。

「そういう事情があったんですか」

同じような質問を紘人も彼女に投げかけたが、なんでそんなこと聞かれなきゃいけないのと、カウンターパンチをくらって撃沈した。でも沼田さんが尋ねれば女の子も出方を変えるらしい。どちらもさすがだ。

「親の事情で子どもは振り回されるのよね。別々に引き取られることもあるし、その後、親が再婚したりすると、とたんに家の居心地が悪くなったりするし」

「この話、串本さんにもしたんですか」

沼田さんはうなずく。再びエレベーターがチンと音を立てた。ゴミを持った中学生が現れる。階段で降りてきた人もいて、沼田さんの表情が変わった。知り合いらしい。「おはようございます」と言いながら離れたので、それを潮に佑作はひとり五階に戻った。

沼田さんの気になったことと串本さんのそれはおそらくちがっている。沼田さんは「誰それさんちの子」とはっきりわかっていない子が、自分の家の前を通るのを見過ごせなかった。串本さんはなんだろう。挨拶(あいさつ)などして言葉を交わすようにはなるかもしれないが、関心を持つとは考えにくい。人付き合いに関してしつこい人ではなかったのだ。あの女子高生に限って、どうして煙(けむ)たがられても話しかけたのか。どうして沼田さんに探りを入れたのか。

ふだんはしつこくない人がしつこくふるまった例はもうひとつある。川向こうの小学校の学区までわざわざ出向き、公園などで小学生に話しかけたというあれだ。

佑作は自宅に帰り、喪服のポケットから昨日もらった名刺を取り出した。小柴さんの名刺だ。佑作が写真を見て感心したものだから、よかったらどうですかと誘われた。サークル名と自宅住所、電話番号などが印刷されている。

隣町の小学生と串本さんの接点を知る、かもしれない人だ。ためらいを捨てて電話をかけた。八時をまわっていたので起きているだろう。数コール目で出た。すばやく名前を告げ、お通夜について触れ、「つかぬことをうかがいますが」と単刀直入に尋ねた。

「小学校の撮影会のさい、その場にいたのは大人だけですか。小学生もいたりしたんでしょうか」

幸い、訝しんだりせずに明瞭な声が返ってくる。

「場所が場所ですからね。土曜日の午後だったんですけど、在校生はちらほらいましたよ」

「串本さんが親しそうにしていた子どもはいましたか」

「そうですねえ。撮影会が珍しかったみたいで、興味津々で聞いてくる子はいました。串本さん、相手をしていましたよ。いつもそうなんです。公園でやるときも自分のカメラを持たせたりして。中には勝手にいじったり、落っことす子もいるんです。でも気にしない。その場でも後からでも、ぐずぐず言ったりしない。ああいうの、見習いたいけどなかなかできません」

「小学校でもそんな感じで」

「あのときは低学年くらいの女の子が積極的でした。自分のカメラがほしいと言って」

「女の子」

「串本さん、満面の笑みで質問に答えてましたよ。名前はすみれちゃん。友だちに呼ばれていたんです。可愛い名前なので私も覚えています」

佑作は電話を切ってからしばらく、部屋の真ん中で棒立ちになっていた。何かが引っかかる。なんだろう。思いつかなかったが、とっさに紘人に電話する。沼田さんとのやりとりを話し、たった今の小柴さんとの会話も伝える。

メモを取っているのだろう。はいはいと聞いていた紘人だったが、最後のところで「えっ」と声をあげた。

「どうかした?」

「女の子の名前は『すみれ』ですか」

「公開捜査にはなってないので名前は伏せられているんですけど、調べたら出てきました。行方不明になったのは原口(はらぐち)すみれって子です」

手にしていたスマホを落としそうになる。

「もしもし、鶴川さん」

「ああ。聞こえているよ」

胸の動悸(どうき)が勝手に速くなる。すみれとはよくある名前だろうか。今どきはそうなのだろうか。

「しっかりしてください」

「わかっている。わかっているさ。今日はこれからグリーンハイツに行かなきゃいけないし」

自分で決めたのだ。しっかりしなくては。紘人に言われるまでもない。

「ぼくも一緒に行きたいんですけど、ばあちゃんがまだいて。今日は東京に行くそうです。たぶんもうすぐ出ると思うんですけど」

「鉢合(はちあ)わせしないなら、それはそれでありがたいよ。見学者を装って中に入れてもらい、様子を探ってくる」

「もう行くんですか」

「とてもじゃないが、じっとしてられない」

電話を切り、スウェットの上下をシャツとズボンに着替えた。財布とスマホとハンカチをポケットに突っ込んでから、少し落ち着こうとインスタントコーヒーを一杯だけ飲む。時計を見ればもうすぐ九時。歯を磨(みが)いて外に出た。

何かあるはずだ。串本さんの行動の謎を解く、手がかりのようなもの。グリーンハイツの５０１号室。

通りを渡りコンビニの前を行き過ぎ、建物の中ほどに設けられたグリーンハイツの入り口に向かう。ここはオートロックになっているので目指す501号室を入力する。女の人が出てきたので、北島さんの紹介で鶴川だと名乗った。わりと簡単にどうぞと言ってもらう。ロックが外れた。

エントランスに入り、郵便受けや管理人室の前を通り過ぎる。エレベーターがあるのは建物の中央部分だ。そこに年配の女性が立っていた。足音が聞こえたのか振り返り、佑作を見て「あら」という顔をする。知らない人だ。

警戒心のあまり体が後ろに引けたが、逃げも隠れもできない。顔の強ばりをほどきつつ歩み寄った。近くまで来ると今度ははっきり会釈される。誰だろう。

「この前すぐそこで、北島さんとお話しされていたでしょう？ 向かいのマンションの方でしたっけ。北島さんと同じ」

初めてグリーンハイツに来たときのことだ。見られていたらしい。

「ええその、今日はちょっと見学に。どなたでも大丈夫と言われたので」

あのときもらった名刺を見せる。相手は紘人の祖母より年下だろうか。グレーの頭髪をきれいにまとめ、眼鏡をかけ、とても痩せている。

「ええ、どうぞ。ご一緒しましょう。今日は北島さん、お出かけでしょう。東京のお友だちと昼食会って聞いたわ。ほんと、お元気になられて」

上にいたエレベーターが降りてきた。女性と共に乗り込む。

「ここに初めていらした頃は、それはそれは沈み込んでいらしたのよ。無理もないけれど。旦那さんを急に亡くしたところへもってきて、警察の取り調べですもの。ずいぶん恐ろしい思いをされたみたいね。当時のことを話すときはいつも涙ぐんで。私までもらい泣きしたものよ」

「警察の、取り調べ？」

「旦那さん、自宅の階段から転げ落ちて亡くなったから。あら、ご存じない？　そういうとき、家族はいろいろ聞かれたりするんですって。事故なのに、まるで何かしたかのように言われて、北島さん、頭の中が真っ白になったと」

　知らなかった。小柄で品の良さそうな老婦人の顔が浮かぶ。夫の急死、警察による根掘り葉掘りの取り調べ。病院以外での死は一筋縄ではいかないと管理人さんが言っていたのを思い出す。

　やりきれない思いを山のように味わって、今のマンションに転居してきたのか。慣れないひとり暮らしを始め、いつしか話を聞いてくれそうな集まりに通うようになる。知らなかった。

　今の今まで、少しでも宗教っぽい雰囲気が感じられると偏見に満ちた目を向けていた。胡散臭(うさんくさ)いの一言で片づけていた。けれど折れた心をかき集め、何かにすがらずにいられない人も少なからずいる。紘人の祖母、北島さんは少しでも心が慰(なぐさ)められただろうか。弱っている人につけ込む輩（やから）は許せないが。

エレベーターが五階に到着する。扉が開くとホールは明るい。少し進んで右に曲がって通路に出た。片側は各戸のドアが並んだ壁だが、もう片側は手すり壁だけで開口部になっている。初めて見る眺めがあった。高台の緑は神社の茂みだろうか。手前のピンク色は早咲きの桜か。家々の屋根の合間に白い建物が見える。学校のようだ。県立高校か。足下のバス道路からは車の走行音が絶えず聞こえてくる。ときおりクラクション、近くで鳥のさえずり。

北島さんのことをできればもっと聞きたい。孫である紘人に関して何かわかるかもしれない。なぜ彼が祖母の家に転がり込んでいるのか。なぜ学校に行っていないのか。祖母のことを案じているのはほんとうの姿か。動画をネタに人を脅（おど）す腹黒い少年はどこに行ったのか。今なぜ、こんなにも串本さんの件を調べようとしているのか。

「あの、その」

紘人のことは気になる。けれど。

「静寂会は心の弱った人が集まる場所なんですか」

佑作は前を行く女性に話しかけた。

「そういうわけではないんですよ。心を落ち着けるための活動をしています。今の世の中、雑音がとても多いでしょう？　御仏（みほとけ）の教えを朗読したり、写経をしたり、瞑想（めいそう）したりして、静かな時を過ごすんです。心が洗われますよ」

「何人くらい、会員の方はいるんでしょうか」

女性は足を止め、首を傾げる。探るような視線を向けられ、すばやく目を伏せた。

「北島さんから聞いていませんか」

「はい。ぶしつけな質問でしたらすみません」

佑作はポケットからハンカチを出し、肩をできうる限りすぼめて汗を拭いた。風采の上がらない中年男で気は小さそう。害はなさそうと思ってもらえたら助かる。

「静寂会としての会員は百人を超えているかしら。みんなが一斉に集まるわけではなくて、たとえば平日の午前中なら、ここに来るのはせいぜい十人前後。他にも支部がありますし」

「好きなときに来ていいのですか」

「ええ。朝の九時から夜の九時までオープンルームになっています。来るのも帰るのも自由。ただし、おしゃべり会ではありませんからね。その日その日でお精進のカリキュラムが決まっています。フリートークの時間も設けられていますけれど、お精進の合間になります」

写経や瞑想、そしてオープンルームにカリキュラム。妙なまぜこぜだ。眉をひそめたくなるが、そもそもマンションの一室で開かれている。もしかしたら現代の宗教活動とはこういうものなのかもしれない。

「心を落ち着けるというのは魅力的です。あの、北島さん以外に、うちのマンションからこの会に入られている方はいますでしょうか」

「お宅の」

「はい」

「さあ。どうだったかしらねえ」

会の説明や北島さんの過去については饒舌だが、すべてにおいて開放的というわけではないらしい。

「串本さんという方が通っていたのは知ってるんです。串本さん、ご存じですか」

「お宅のマンションの男性でしょう? あの方も北島さんのご紹介でしたね。挨拶程度しか口をきいたことはないの。そうそう、心臓麻痺でしたっけ。亡くなったと聞いたけど」

「はい。とても残念です。あの、串本さんが親しくしてた人はいましたか。ここでの様子はどんなでしたか」

女性は考え込む顔になったが、すぐに首を横に振った。

「いらしたのはほんの数回だったから。人と話しているところはあまり見てないわ。ここの活動、向いてなかったんじゃないかしら。今思い出すと、ひとりでいた姿しか思い浮かばなくて」

通路を進むと斜め前に佑作の住むマンションが見えてきた。どちらも道路に沿って横長に建っている。位置がずれているのでグリーンハイツの南端が、佑作のマンションの北端に少し重なるくらい。

静寂会の開かれているのはもっとも南にあたる501号室だ。ここは明らかに他と間取りが異なる。他は通路に沿って玄関ドアが並んでいるのに、はじっこの501号室だけ、通路の突き当たりに玄関ドアが設置されている。つまり歩いてきた真正面に見えるのだ。

その玄関ドアの前に立った女性がチャイムを鳴らした。すぐに声がして、ドアが開く。顔をのぞかせたのは中年女性。「見学の方とご一緒よ」と言って入っていく女性の後に佑作は続いた。

玄関には天井の高さまである靴箱が設置されていた。来客の多さを物語る。佑作の靴も靴箱に収納する。廊下は白い壁、白い天井、床は薄茶色のコルク材。廊下の先へと案内され、リビングルームへと足を踏み入れた。

十二畳はあるような横長の広い部屋だ。中央にテーブルが置かれ、まわりを椅子やベンチが囲んでいる。手芸教室を開くには最適と思われる。壁面には本棚が設置され、それ以外の家具は見当たらない。カウンターキッチンもコンパクトだ。きれいに片付けられている。郵便物や使いかけの文房具といった雑多なものが見当たらず、生活臭がほとんど感じられない。

リビングルームには六畳の和室が隣接していた。こちらには座卓が置かれ、座っている人が四、五人いた。半紙に向かって小筆を動かしている。

来訪者に気付いたらしく、一番奥に座っていた人が立ち上がった。羽衣のような着物をまとった女の人だ。胸元にじゃらじゃらしたアクセサリーをぶらさげ、紫がかった髪の毛を左右に大きく広げている。まるでファンタジー世界の祈禱師のよう。この人が静寂会の代表なのだと瞬時に推し量る。女性だったのか。

わざわざのお出迎えに佑作は緊張したが、相手の唇は微笑みの形を作っていた。歓待してくれるらしい。明るいリビングであらためてご尊顔を拝すれば、若い頃の美貌を彷彿とさせるきれいな人だ。でも顔も首も袖から出ている手も皺が目立ち、かなりのご高齢であることはまちがいない。

「こちら北島さんのご紹介で」

「鶴川と申します。今日はいきなり来てしまい、すみません」

よろしいのよと、張りのある声が羽衣の人から発せられる。

「ご紹介の方は信用していますから。ようこそいらっしゃいました。わたしは、代表の白峰光と申します。ゆっくりしてらして。土谷さん、ご案内をよろしくね。ご挨拶だけでもと出て参りましたが、作業の途中なのでわたくしは戻ります。失礼」

うやうやしく会釈した後、舞台女優のような裾捌きで和室へと戻る。

ここまで連れてきてくれた女性は土谷さんと言うらしい。指示されたとおり、室内を案内してくれる。リビングのテーブルでは各種勉強会が開かれるそうだ。経本は本棚にもあるし、購入もできる。そこから一旦(いったん)玄関まで戻り、玄関近くの扉を開ける。外廊下に面した北側のひと部屋だ。控え室だと説明された。来た人の私物や上着はすべてここに置く。貴重品は小さくまとめて身につける。土谷さんも手提げ鞄(かばん)からウエストポーチを取り出して装着した。財布やスマホが入っているとのこと。

身軽になったところで洗面所に向かい、入念に手を洗い、キッチンで「清めの水」を飲む。この水はポリタンクに常備されているが、これまた購入もできるそうだ。こうやって随所に物を買う仕組みが用意されているらしい。

リビングから続いている和室では座業が行われ、今は写経の時間だという。代表は書画の大家(たいか)でもあると力説された。玄関近くにある南側のもうひと部屋は瞑想ルーム。個々が静かな時を過ごす。

なるほど、ほう、そうなんですかと相づちを打つ一方、佑作は部屋の備品や会員たちひとりひとりに神経を注いだ。けれどどう見ても、引き寄せられるものがない。壁に掛かっている書画や飾り棚の香炉(こうろ)、書棚の本は独特の精神世界を感じさせないでもないが、怪しさに乏(とぼ)しく行儀が良すぎる。なんといってもすべての部屋が小ぎれいに整えられているのだ。トイレから洗面所に至るまで塵(ちり)ひとつ落ちていない。それとなく聞けば、掃除はだいじなお勤めだそうだ。朝な夕なに磨き上げるという。

話している間にも新たな人がやってきた。控え室に荷物を置いた後、水を飲んで和室の手前に正座する。時間に遅れたり、写経を日課としていない人は、みんなの所作を見守るそうだ。背中の曲がったおじいさんも三十代前後に見える女性も、置物のように座り続ける。出入りは自由でも、勝手気ままは許されないらしい。決まり事は案外、多そうだ。疲れたら控え室で休憩できる。そこなら昼寝も飲食もかまわないと教えられた。

説明にうなずきつつ、佑作は「ちなみに」とさりげない雰囲気で質問を口にする。

「ここを訪れるのは中高年が多いのですか。お若い方もいらっしゃるのでしょうか」

「ええもちろん。午後や夜、休日などにおみえになります」

「学生さんやお子さんも?」

「そうですねえ。小さいお子さんはお母さんに連れられて。学生さんはこのところ見かけないかしら」

学生はいない? あの女子高生は来ていないのか。

室内の案内が終わると土谷さんはテーブルのはじっこに腰かけ、佑作も座らせ、会のあらましについて語り出した。重要なことだろうが、佑作は興味が持てない。スマホに電話が入ったのを幸いに、控え室に走った。そっちの501号室ですよね。紘人からだ。

「今、グリーンハイツですよね。そっちの501号室ですか」

「ああ、まさに」

「無理してしゃべらなくてもいいので。こちらの話は聞けますか」

「控え室に移動した。なんだい？」

「ばあちゃんに串本さんのことを聞いたんです。そしたら、ナントカ会については、ばあちゃんの方から誘ったのではなく、串本さんから声をかけられたそうです。北島さん、ナントカ会に参加してるなら、見学に連れて行ってもらえないかって」

「そうなんだ……」

肩から力が抜ける。

「いつ頃？」

「十日くらい前だそうです。言われたのが朝で、その日のうちに連れて行ったたって。串本さんはそれから何度も行ったみたいですよ。ばあちゃんにしてみれば積極的なのが嬉しかったみたいで、串本さんが亡くなった日の夜も、もうすぐ始まる特別講習会に誘おうとしたそうです」

「そしたら大変なことになっていたわけか」

「ですね。串本さんが通い始めたのは女の子がいなくなった直後です。無関係とは思えません」

でも。

「ここには何もないんだ」

スマホを握りしめ、声をひそめて言った。

「ほんとうに何も」

土谷さんの説明によれば、グリーンハイツの部屋は市中の会員に開放された支部のひとつで、代表の本宅は鎌倉市内にあるらしい。千坪の敷地を有していると胸を張られた。アトリエは軽井沢にも神戸にもハワイにもあり、代表は有数の資産家とのこと。金儲けなど一切考えてない。支部で研鑽を積んだ者が本宅の修練会に呼ばれ、さらなる高みを目指す。もちろん精神の高みだ。

簡単な説明を受けただけだが、要するに代表を頂点としたヒエラルキーがあり、上層部に認められれば出世できる仕組みらしい。土谷さんにしても、口ぶりからして本宅に呼ばれる日を夢見ているようだ。

好き嫌いは別にして、ほんとうに金銭的負担が少ないのならば、目くじらを立てなくてもいいのかもしれない。中に入れば派閥争いや足の引っ張り合いがあるかもしれないが、あくまでも内部でうごめくエネルギーだ。児童誘拐とは毛色がちがう気がする。

「怪しい人も怪しい雰囲気もないですか。高校生の出入りは？」

「前はあったようだが今はないらしい」

「では、収穫らしきものは……」

答えられずに押し黙った。「ない」と言った瞬間、ほんのわずかしかない手がかりの糸がぷつんと切れそうで。

「もう少し探ってみるよ」

苦し紛れに言って通話を切った。スマホをポケットにしまい、控え室をあらためて見回す。壁には腰高のカラーボックスが並び来訪者の鞄が収納されている。コートハンガーも設置され、ハンガーやそれに掛けられた上着がぶら下がっていた。すみっこには折りたたみ式の座卓が立てかけられ、座布団や膝掛けもあるらしい。

こちらも掃除の手が行き届いているらしく、目を引くようなメモ用紙や忘れ物の類はない。積極的に調べるとしたら私物である鞄の中身だが、見つかったら騒ぎになりかねない。へたしたら警察沙汰だ。貴重品がなくても鞄をあさっていたら立派なこそ泥ではないか。

せめてもと思い、鞄や上着を入念に眺め回し、和室にいた人たちを思い浮かべたがピンと来るものはない。諦めて廊下に出る。土谷さんは待っているだろうか。どんな顔をして戻るべきか。これ以上、何を粘れるだろうか。

ため息を飲み込み、リビングに向かって歩きかけると、向かいのドアが少し開いていた。東側のもうひと部屋だ。瞑想ルームと教えられた。

ドアを引いて中をのぞくと誰もいない。人の姿だけでなく、ほんとうに潔いほど何もない部屋だ。壁に大きな書画が掛けられているだけ。家具の類は一切ない。からっぽのがらんとした部屋で、薄暗く肌寒い。

　腰高の窓が二カ所ある。東と南。南の窓があるのは角部屋の特権だ。東の窓は各戸に設けられているがふつうは通路に面している。エレベーターから降りて歩いたあの通路だ。突き当たりの角部屋だけ、一番奥の部屋がバス道路に面している。

　佑作は無人の部屋を横切り、東の窓辺に歩み寄った。直接外が見える。道路を挟んで向かいに建つ、自分のマンションがよく見える。

「鶴川さん」

　振り向くと、土谷さん。様子を見に来たらしい。部屋に入ってくる。

「どうなさったんです」

「すみません。説明の途中だったのに」

「いいえ。なんでも詰め込みはよくないですし」

　とがめるような顔ではなかったのでホッとする。

「この部屋はほんとうに静かですね」

「でも寒いでしょう」

　自分の腕をさすりながら、土谷さんは部屋を見回した。

「そういえば串本さんもよくここにいらしたわ」

「串本さんが」

「こういった何もない、無になれるような場所が欲しかったんですって」

ひとり暮らしなので、自宅も好きなだけ無になれる気がするが、ちがうんだろうか。佑作にとっては窓からの眺めが面白いだけの寒々しい部屋だ。暖かいリビングルームに戻ろうとしてもう一度窓に目をやり、気持ちが引き寄せられる。

「串本さんも窓からの眺めがお気に入りでしたね。それだけならいいんですけど」

土谷さんは口ごもる。

「何かありましたか」

「ここだけの話ですよ。私も今となっては誰にも言いません。ご本人は亡くなってしまいましたし」

佑作は耳をそばだてた。

「あのときも私、新しい人がどうしているのか気になって様子を見に来たんです。今は開いていたからそのまま中に入ったけれど、串本さんのときはドアが閉まっていたからノックして、返事がないからまたノックして、はいと聞こえたからようやく開けたんです。そしたら」

串本さんは部屋の真ん中に正座をしていたが、あわててその恰好(かっこう)になったようなバタつきがあったと言う。違和感を持ったものの、土谷さんは気付かぬふりをした。でもその次の日、同じようにノックをして入ると、串本さんは正座した足の向こうに何かを隠しているようだった。

身につけているのはウエストポーチだけだ。そのチャックは全開で中身は空っぽに見える。何が入っていたのか。足の向こうに隠したものなのか。その場では追及せず、部屋から去るときにそっと振り返った。

「あの方が持っていたのは黒っぽくて手のひらサイズの……」

「カメラですか」

「いいえ。双眼鏡でした」

佑作は目を瞬き、口をぽかんと開けた。双眼鏡ですることと言えばひとつだ。グリーンハイツ501号室、東向きの角部屋。串本さんは双眼鏡で何を見ていたのか。ここからしか見えないものではないのか。

だから、わざわざやってきた？　紘人の祖母が通っているのに気付き、室内に入れてもらえるよう見学という形を取った。ここでしか見えないものを見るために。

それはいったいなんだろう。

佑作は再び窓辺に歩み寄る。唇を嚙んで目をこらす。一番よく見えるのははじっこの部屋501号室だ。と言っても昼間なので外は明るく室内は暗い。カーテンが引かれているのだろう。厚地ではなくレースのカーテンでも中はほとんど見えない。となりが502号室の串本さん宅。そのとなりが沼田さん。六階や四階もそれなりに見えるがどこも室内はさっぱり見えない。洗濯物が干してあればなおさら。夜ならばちがうか。土谷さんに聞くと串本さんは夜も訪れていたらしい。

「鶴川さん、あなたまでなんですか」

「すみません。あともう少しだけ」

背後からの圧を感じながらも佑作はスマホを取り出した。窓からの眺めを写真に撮る。沼田さん宅のベランダに誰かが出てきた。旦那さんではなく奥さんのようだ。洗濯物を手でよけながら行ったり来たりして、最後に串本さん宅との間仕切りにへばりつく。そこから首を伸ばして串本さん宅のベランダをうかがう。

佑作は思わず眉をひそめた。かなりのマナー違反だ。なんと言ってものぞき見。相手に知られたらたちまち管理組合に苦情が寄せられる。悪い評判を流されかねない。串本さん宅は主を失い、今現在は空き室だが、マナーにうるさい沼田さんがやるとはとても思えない。

なにをしているのだろう。訝しんでいると沼田さんの姿がいきなり消えた。しばらくしてひょっこり顔を出す。再び串本さん宅のベランダをのぞき込む。片腕を伸ばし、身を乗り出す。背が低いので肩だけが手すりからはみ出す。危ないとは思わないが。

また引っ込む。しゃがんだのだろう。そして何かを胸に抱えて姿を現した。

なーんだという思いが広がる。飼っている猫がとなりに行ってしまったのだ。近くにいれば名前を呼ぶ声が聞こえたにちがいない、リリちゃんと。

「いいかげんにしてください、鶴川さん！」

佑作は土谷さんに何度も頭を下げ、グリーンハイツ５０１号室を辞した。

紘人に会いたくて電話を入れるとコンビニにいるという。あやうく通り過ぎるところだった。中に入って合流し、飲み物を買い求めイートインスペースのカウンターに腰かけた。

たった今、見てきた光景を勢い込んで話す。スマホの写真も見せた。

「ベランダですか」

「そう、ベランダ」

「そして猫」

「ああ。まさに猫なんだよ」

ベランダに設置された間仕切りの板は、下に十数センチの隙間が開いている。５０４号室のベランダには物が置かれているので隙間がない状態だが、串本宅である５０２号室の間仕切り付近には何も置かれていない。猫はたびたびすり抜けたらしい。

沼田さんはふさごうとしたが、串本さんから今のままでいいと言われたそうだ。もともと有事の際の避難経路なので、物でふさいではいけないことになっている。「リリちゃんならかまわないよ」「たまには遊びに来てほしい」と言われ、そのままになっているらしい。

「どう思う？」

「わからないことはまだあるけれど、ひょっとして、とよぎったことがあります」

「聞かせてくれよ」

彼の指先が画面に触れ、写真を拡大する。それで充分だった。

ベランダが繋がっているといろんなことがあるものだ。避難の妨げになるからと禁止されている物置を置いているベランダもあれば、観葉植物が生い茂っているところもある。手すりに布団を並べている部屋や、多量の洗濯物を干している軒先、ダイビングスーツのぶら下がっている家、物干し竿さえ置いてないがらんとしたスペース。個性が垣間見える。

コンクリートや鉄筋に仕切られた、一見、無味乾燥にも思える小箱の集合体だが、あの中に子どもの成長もお年寄りの余生も詰まっている。朝昼晩の日常が繰り返されているのを佑作は知っている。浮かぶ顔があるのだ。

多量の洗濯物は二階の清水さん。中学生の男の子を筆頭に四人の子どもがいる。三、四番目が双子だったと理事会のときに聞かされた。ダイビングスーツは母娘(ははこ)のふたり暮らし。娘はスポーツジムのインストラクターだと話していた。布団を干しているのは加々見さん。自分で干したのだろうか。それともヘルパーさんに頼んだのか。

この中で串本さんは日々を過ごし、亡くなる直前、花柄のカップで誰かをもてなした。そのカップはいつの間にかこっそり片付けられていた。

「串本さんの部屋に入れませんか。今すぐ入りたいです」

紘人に言われてうなずく。

「頼んでみよう。今度は正々堂々と、鍵を開けて中に入ろう」

スマホを取り出し、佑作は律子さんの電話番号をタップした。

ベランダの洗濯物はひらひらと揺れている。風が吹いているのだ。あの風を部屋に入れるにはガラス戸を開けなくてはならず、玄関ドアを開ければ一気に吹き抜ける。開けてやろうじゃないか。閉じてばかりでは空気は淀(よど)む。風を通そう。

第九章　過去にできなかったこと

律子さんに電話をすると、どうかしましたかと怪訝そうな声を出された。

幸い、口調は落ち着いている。お母さんは昨日から介護施設に滞在しているそうだ。迎えに行くのは今日の夜でいいと言う。串本さんの告別式は午後二時から。律子さんにしても少しは骨休めをしていたいのかもしれない。

だとしたら申し訳ないが、探したいものがあるので502号室に入らせてもらえないかと、低姿勢で切り出した。たちまち「それは何ですか」と声がとんがる。佑作は心の中で手を合わせつつ、用意してあった嘘を口にした。もしものことがあったとき、お棺に入れてほしいと、串本さんから頼まれた写真があった。急なことでうっかりしていたが、今探せば間に合う。協力してもらえないだろうか。

律子さんの出方に固唾を飲んだが、「私もです」と返ってきた。一瞬、意味を図りかねる。嘘のことかと思ったがそんなはずもなく、同じように、もしものときはと頼まれた品があるらしい。

「言われたときは縁起でもないと笑ってしまったんですよ。それっきり忘れていました。でも昨夜、布団の中で思い出したんです。もしかしたら夢の中で伯父さんに言われたのかもしれません。あれだよ、あれ。忘れるなよって。鶴川さんの言うとおり、今なら間に合うんですよね。後から悔いても遅いですし。そう思うと……」

ぜひ来てくださいと、声に力を込めて言った。律子さんはわかりましたと少し朗らかに、うなずく雰囲気で応じてくれた。

電話を切ってからも「夢の中で伯父さんに」という言葉が耳の奥から離れない。嘘がすんなり通ったのは夢のおかげだ。串本さんのおかげと言い換えられるかもしれない。

行こうと声をかけ、コンビニのイートイン席から立ち上がった。紘人と共に外に出る。道路を隔てた真向かいにあるのは自分たちの住むマンションだ。北端から南端まで、一階から六階まで。首を動かさないと視界には収まり切らない。今日はやたら大きく見える。

ほんとうなら今抱えてる疑念ごと警察に通報すべきなのだろう。けれどそれは一般市民にとって勇気や覚悟のいる行為だ。そそり立つ壁を前に、二の足を踏む感覚に似ている。よじ登るにしてもノックするにしても確固たる証拠がほしい。

「鶴川さん、律子さんが来るまでの間に、見せたいものがあるんです」

何かと思ったらネットの書き込みだそうだ。小さな画面で見るのはしんどい。佑作は紘人を連れて自宅に戻り、和室に積んであった段ボールの中からノートパソコンを取り出した。食卓の上に置く。画面が立ち上がったところでバトンタッチした。

紘人はすっかり慣れた雰囲気で椅子に腰かけ、「カップラーメン」と催促する。目を剝く佑作に「冗談ですよ」と笑う。おかげで張り詰めていた空気が緩む。

「カップ麵くらいならいつでもいいよ。用意しようか？」

「まだ早いんで。でもそう言ってもらうとちょっと嬉しいです」

時計を見れば十時半を回ったところだ。律子さんは十一時前には来るだろうか。

紘人はマウスを動かし、キーボードを操作して検索ワードを入力した。何度か繰り返したあと、佑作に目配せする。このあたりと指で示されたが、画面には所狭しと点滅する広告がひしめいていた。一見してそれとわかる卑猥な画像も混じっている。

「大丈夫かい？　おかしなサイトじゃないだろうね」

「ちがいますよ。これくらいふつうです」

口コミ情報というより匿名の発言が並び、文字の間にわけのわからない記号が埋め込まれている。

「見づらいなあ。すぐには目が慣れない。かいつまんで説明してくれないか」

けっしてまだ老眼ではないのだけれどと言い訳したいが飲み込む。

「行方不明になっている例の女の子の家について、噂話がいろいろ書かれているんです」

「どんなの」

ふだんだったら耳を塞（ふさ）ぎたいタイプの話だと察しがついたが今は知りたい。なんでもいい。情報がほしい。

「すみれちゃんって子は、前の奥さんとの間に生まれた子どもだそうです。父親である原口さんは再婚したので、今は新しいお母さんがいるようです。そしてその新しいお母さんには昨年、子どもが生まれました。そのせいですみれちゃんは家に居づらくなり、外遊びが増えた。だからあれは家出なのだと言う人がいます。寂しそうにしている彼女に声をかけ、連れ去った人がいる、っていうのも。高齢の男性と一緒にいるのを見たという目撃情報もありますね」

「ちょっと待ってくれよ。高齢の男性って」

たちまち「落ち着いてください」と注意される。

「写真サークルの撮影会を、見ていた人がいたのかもしれません。サークルの人って何割かがかなりのおじいさんおばあさんですよね。女の子が連れ去られるところを直接見た人がいたかどうかはわからず、高齢の男性が誰を指しているのかもわからない。無責任な『見かけた』がひとり歩きして、適当なキーワードにくっつくのはよくあることです」

ふむふむなるほどとうなずくのはしゃくなので顔をしかめておく。ぎょっとして脈拍数が上がるのは自然の摂理（せつり）だろう。あの若い奥さんたちも案外、このサイトにたどり着いたのかもしれない。

　呼吸を整え、おもむろに「あとは？」と促す。

「原口さんは繊維メーカーの社長で、海外との取引も多くかなりの金持ちだそうです。身代金目当ての誘拐だと断言する人がいます。逆に経営が悪化して、狂言誘拐だと言う人もいます。この場合の狂言って、自作自演って意味ですよね。娘が誘拐されて、どうすれば経営難が解決するのか。方法ってあるんでしょうかね」

　問いかけるような口調だったので、佑作は首を横に振る。わからない。

「同じ誘拐にしても金目当てではなく、原口さんへの恨みという説があります。自分の会社を大きくするにあたり、人の会社を潰したことがあるそうです。だまされて破産に追い込まれ自殺した人もいるらしくて。えっと、あくまでも噂ですよ。でもこの、恨みをかった説は分量として多いですね。これでいくと、評判の良くない人です。今も取引を打ち切られ、潰れかかっている会社があるとか、海外での強引な新規事業があるとか。もうすぐ決まりそうな契約があって、また卑怯な手を使ったとか。他には、ああ、前の奥さんのことも書かれています。以前もすみれちゃんを連れ去ったことがあるそうです。離婚のときもすごく揉めたって。前の奥さんは元キャバ嬢で金遣いが荒く、若い男と浮気して、それがバレて」

「紘人くん」

　だいたいわかったと、片手で制した。噂は噂ですべてでたらめなのか、真実が混じっているのか。他人にはうかがい知れない。ただひとつ、すみれちゃんには笑顔が陰るような家庭の事情が、他の子より少し多かったようだ。今頃どこで何をしているのか。写真サークルの撮影会があったときには元気にしていたらしい。カメラをほしがっていたと聞いたが、何を撮りたかったのだろう。

再び渋面になっていると佑作のスマホに着信があった。出ると４０２号室の加々見さんだ。今日の告別式についていろいろ聞かれる。行こうかどうしようか迷っているらしい。お疲れならば無理しなくてもと言ったが、口ぶりからして行きたいらしい。相づちを打っている間にも時間は進む。律子さんからの連絡が気になる。

堂々巡りが二巡くらいしたところで、マンション内の他の知り合いに相談してみると言って電話は切れた。やれやれ。息をついて手の中のスマホを見ると、律子さんからショートメールが入っていた。信号待ちの間に送ったのか、もうすぐ着きますと。

すばやく「５０２号室に行きます」と返信し、紘人を急かせて外に出る。あの部屋にもう一度入ろう。遺体が横たわっていた部屋に。その遺体が忽然と消えてしまった部屋に。

バタバタと通路を急ぎ、５０２号室のチャイムを押したが反応がない。まだ来てないのだろうか。じりじりしていると数分後に律子さんがやってきた。喪服を着ている。このまま直接、葬儀場に行くのだ。

　ドアの前で待ち構えている佑作と紘人を見て、律子さんの足の動きが鈍(にぶ)った。ただならぬ雰囲気が、ふたりからにじみ出ていたのかもしれない。律子さんは警戒心たっぷりに、「どうしたんですか」と立ち止まりそうになる。あわてて笑顔を作り、どうもしませんよ、待ってたんですよ、さあさあと明るく手招きした。

「便乗させてもらい、助かりました」

「紘人くんでしたっけ、今日も一緒なんですね」

「そうなんですよ。彼も串本さんにお世話になったので」

「お邪魔します」

　紘人も最大限の愛想笑いを浮かべ、律子さんが鍵を回すのを見守る。ドアが開いた。

　玄関で靴を脱ぎ、廊下に上がる。律子さんはにわかに、「よかったわ」と言い出す。

「ひとりで入るのはちょっと恐かったんです」

「倒れているところを見たばかりですからね。無理ないですよ」

　律子さんを先頭に廊下を進み、リビングに入る。遺体の痕跡(こんせき)など何もなくなった床を前に、三人して立ちすくむ。佑作が手を合わせると、律子さんも紘人もそれをまねた。

　しばし黙禱(もくとう)を捧(ささ)げ、そのあとは気持ちを切り替えるように口調も変えた。目当てのものを探すよう、にこやかに律子さんを促す。和室の押し入れにあると言ったきり動かないので、佑作が戸の前に立った。考えてみれば彼女はここに伯父さんの遺体を押し込んだのだ。尻込みするのは当然か。

「言ってくれれば探しますよ。どんな物です？」

「左側の、下の段にあると思います。かなり古い感じの段ボールで」

戸を開けて膝を突き、健康器具やカメラ機材の箱を外に出し、奥からそれらしい段ボールを引っ張り出す。律子さんがほっとした顔でうなずいた。

「中身は何なんですか？」

「私も知らないんです」

開けてみると中に箱が入っていた。縦横、三十センチ、四十センチ、高さは三十センチ弱だろうか。取り出して律子さんに渡すと、こわごわとした手つきで蓋を開ける。

中に入っていたのは衣服だった。きれいに折りたたまれた子ども用のブラウスと、その下に婦人物のブラウス。そして紳士物のシャツ。新品ではなく、洗濯された愛用品といったところか。

服の間にふたつ折りの画用紙が挟まれていた。開けば、子どもの絵だ。真ん中にスカートをはいた女の子がいて、両側で手をつないでいるのはお父さんとお母さんか。右下の余白部分に、子どもらしい字で「串本すみれ」と書かれていた。

佑作は息をのみ、紘人は目を剝く。

「これは？」

「伯父さんの子どもだと思います。小さいときに亡くなったそうです」

律子さんは眉を八の字に寄せ、悲しげな顔で言う。

「亡くなった？」

「はい。今度のことで、伯父さんの奥さんについて、しつこくいろいろと母に聞いてみました。そしたら最初は曖昧（あいまい）だったんですけれど、だんだん話が繋がって、やっとわかってきました」

それによると、串本さんと奥さんとの間にはお嬢さんがひとりいたらしい。とても可愛がっていたが、その子は小学二年生になってすぐ、学校へ向かう通学路で事故に巻き込まれた。ビルの建築現場から落ちてきた鉄骨が小学生の列を直撃したのだ。不幸にも串本さんの愛娘（まなむすめ）は亡くなった。

「母が言うには、伯父さんも伯母さんもそれはそれは悲しんで、もう一緒に暮らしていくことができなくなったそうです。離れて住むようになり、それを機に離婚したとばかり身内は思ったわけです」

佑作は返す言葉が見つからず下を向いた。ふと写真サークルの小柴さんを思い出す。彼の話によれば、串本さんは子どもがカメラを勝手にいじっても落としても、けっして怒らなかったらしい。もしかして好奇心いっぱいにふるまう子どもを見て、心の中で思っていたのかもしれない。元気で大きくなれよと。自分は我が子の成長を見守ることができなかったから。

陳腐（ちんぷ）な想像だろうか。子どものいない佑作にはわからない。でも子を亡くすつらさは何年、何十年経とうとも消え果てることはないだろう。送り続けた写真葉書には、夫婦だけに通じる哀しみやいたわりがあったのかもしれない。奥さんの方も保管していたのだ。直接会うことはなくても、ふたりはたしかに繋がっていた。我が子を愛（いと）おしむ気持ちで。

目の奥が痛くなり、瞬（まばた）きしているうちにハッと気付く。佑作は立ち上がり、壁に並んだ棚の一角、旅行土産（みやげ）が集められている場所に歩み寄った。アルパカのぬいぐるみやマトリョーシカをかき分けて、木枠の写真立てに手を伸ばす。

「もしかしてこれは」

畳に座ったきりの律子さんに、片膝を突いて差し出す。律子さんはぎこちない手つきで受け取った。

「古い写真ですね。おうちの前で撮った記念写真って感じ。いつ頃？　左の男の人は伯父さんかしら。ですよね。若いわ。一緒に写っているのは奥さん？　そして着物姿のこれ、七五三じゃないですか。ということは娘さん？　え、そうなんですか」

「ぼくは知りません。てっきり、女の子は律子さんで、女の人は律子さんのお母さんだと」

「私ではないです。七五三なら三歳も七歳もワンピースだったし。一緒にいるのは母じゃないです。これ、伯父さんの家族なんだわ」

　律子さんは自分のバッグからハンカチを取り出し、目元に押し当てた。

「こんなにふつうに笑っているのに。仲良さそうな家族なのに。事故さえなかったら、すみれちゃんは死なずにすんだのに。みんなもこのまま笑っていられましたよね。私の従姉妹じゃないですか。会いたかったわ」

「もしかしたら、一緒に旅行に行く約束をしていたのかもしれませんね」

　世界各国、アメリカもアフリカもオセアニアもアジアもヨーロッパも。先ほど見つけた絵には、まわりの余白部分に飛行機や船らしきものが描かれている。よく見れば女の子の首には花を編んだレイがかかり、両側の大人は鞄や浮き輪を持っている。思い出の絵なのか、これから行くつもりの絵だったのか。

　律子さんは本格的に嗚咽を漏らす。どうしたものやら。震える肩に、安易に手は置けない。それよりもらい泣きをしそう。

「鶴川さん」

　呼ばれて顔を上げると、和室に置かれた机の脇で紘人が手招きしていた。腰を上げてそばに寄った。

「串本さんの子どもの名前はすみれちゃんだったんですね」

　瞬時に思考が切り替わる。泣いている場合ではない。

「そうだったね。そして撮影会の開かれた小学校で、串本さんは原口すみれちゃんに出会う」

同じ名前、同じ年頃の女の子。強く印象に残ったであろうことは想像に難くない。その原口すみれちゃんは撮影会からしばらくして、行方がわからなくなる。報道では名前が伏せられていたので、串本さんがすぐ結びつけたとは考えにくい。ただ、案じる気持ちはあっただろう。それで、本町小学校の学区に足を運んだ……。

若い奥さんたちの話とも合っている。串本さんは本町小の子どもたちに声をかけ、原口すみれちゃんのことを聞いてまわったそうだ。自宅周辺にも出没したと言う。

いや、待てよ。

「報道で小学生の行方不明を知り、心配するのはわかるよ。あの子じゃないだろうかと気を揉むのもわかる。でも、それだけで調べに行くだろうか。川向こうの隣町だ。大人の足でも十五分や二十分はかかる」

「ですね。ただ行くだけでなく、じっさいに小学生に聞いてまわっている。不審がられるのは串本さんだって承知の上でしょう？　ある意味、すごく無茶で大胆です」

「そういう人ではなかったんだ。もしかしたら調べに行くきっかけがあったんじゃないか」

視線を交わして、互いにうなずく。「きっかけ」を探そう。律子さんは畳に座り込んで洟をすすっているので、「頼まれ物を探しますね」とやんわり声をかける。そして紘人は和室に残り、佑作はリビングルームへと移動した。

キッチンカウンターやテレビ台に置かれた小物入れ、引き出し、無造作に積まれた雑誌類、ダイレクトメール。のぞき込んでは指先でそっと動かす。自分でも何を探しているのかわからない、というのがもどかしい。リビングルームではなく、やはり和室だろうか。原口すみれちゃんに関するものならば、そのへんにひょいと置いたりしないだろう。机まわりに保管しているのではないか。

その机では紘人が律子さんに声をかけ、パソコンを起動させていた。佑作が歩み寄ると机の上の紙類を指さす。

「ここにあるのは行方不明事件を扱った記事ばかりです」

紘人が初めてこの部屋を訪れた際、新聞のコピーらしきものを見て、串本さんをジャーナリストかと聞いてきたが、ただのスクラップではなかったらしい。

「記事を集め、串本さんなりに調べていたんだね」

深い物思いが未だそこかしこで息づいているようだ。心して、佑作はデスクの引き出しを手前に引いた。

「おっ」

思わず声が出る。

「なんだこれ、紘人くん」

のぞき込むなり紘人も固まる。

そこにあったのは小さな白いメモ用紙だ。すみっこに広告が入っているような紙切れ。右上に「おなまえは？」とあり、それとは異なる筆跡で「原口すみれ」と書いてある。

佑作はふらふらと手を伸ばした。紘人がそれを制する。

「触らない方がいい。鶴川さん、素手でしょう」

指紋。それに注意を払うような代物か。

「君、これ、この子が書いたと？　どこで。どうやって」

「それを、考えましょう」

言い聞かせるようにゆっくり言われ、佑作は拳を握りしめた。焦るな。あわてるな。頭を冷やそう。考えろと命じられたわけではない。考えるので黙ってろ、でもない。考えましょう、だ。

「よく見てください。この紙、折り皺がついてますよ」

冷静な彼に言われ、佑作は顔を近づけた。なるほど紙には縦横の線がついている。細かく折りたたんだあとにちがいない。

それでと口を開きかけたとき、ガラス戸の向こうから突然、「にゃあ」と聞こえた。びっくりして体が跳ねそうになる。

　ベランダだ。沼田さんちの猫だ。また侵入してきたらしい。それこそ三日前、紘人と共にここに入ったときも驚かされた。あのときは無断で上がり込んでいたので、沼田さんにバレたらまずいと大慌てで玄関に引き返した。沼田さんちの猫は室内に誰かいるときだけ、必ずといっていいほど窓の向こうから鳴いてくる。

「また来たんですね、猫」

「となりからか。今は律子さんと一緒だから焦る必要はないが」

　猫の姿形を思い浮かべたとき、白い紙切れの折り皺が重なった。

「なあ、紘人くん。沼田さんちの猫は首輪を付けているんだよ。このメモ用紙をくくりつけることはできるだろうか」

　佑作は引き出しへと視線を向けた。紙切れの脇、ごちゃごちゃした封筒や冊子に半ば埋もれ、細い鉛筆がのぞいている。手帳などに昔はよく付いていた筆記具だ。

「首輪に紙と、この小さな鉛筆をくっつけ、別のベランダに行かせる。戻ってきたところで回収する。そうすれば猫を介してやりとりができるのかもしれない。さすがに上下階は無理だろうが、横移動ならば仕切り板の下から滑り込める」

　紘人は目を輝かせ、親指を立てた。

「これは仮説ですけれども、たとえば串本さんは、となりに住む男の人が出て行くのを見た。午前中ならば例の女子高生も来ているとは思えない。でも、となりに侵入した猫はしきりににゃあにゃあ鳴いている。室内に誰かいるんだろうか。ベランダからのぞき込むのはマナー違反だけど、何の気なしにのぞいたところ、ガラス戸の向こうに子どもがいた。仕切り板があっても首を伸ばせばそこそこ見えると思うんです」

佑作は頭の中にその場面を思い描いた。串本さんは原口すみれちゃんに会っている。向こうはさておき、串本さんは女の子の顔を覚えていたかもしれない。見まちがいかと首をひねったにしても、小さな子がとなりにいるのは意外だ。かといって交流のない隣人に、あの子は誰だとは尋ねにくい。

「その場ですぐメモ用紙を使ったとは考えにくいな。串本さんは、まさかあのすみれちゃんではあるまいと思いつつ、念のために様子を見に行ったんじゃないかな。何事もなく自宅から学校に通っているならば、501号室にいる女の子とすみれちゃんは別人になる。それをたしかめるために、本町小学校の学区に出向いた。子どもたちにも聞いてまわった」

「ところが、ですね」

原口すみれちゃんは行方知れずになっていた。

ふたりのやりとりに、律子さんが「どうかしたの」と立ち上がってきた。紘人は気付かぬふりで話を続ける。それもかなりの早口で。

「ニュースでも報道されるようになり、串本さんはいてもたってもいられなくなったんじゃないですか。でも、鶴川さんも言ってましたね。関係ないのに犯人扱いされ、ひどい目に遭った人がいた。まちがいでしたの一言ではすまされない。それを知っていたからもっとちゃんとした証拠がほしくなった」

「それで猫に手紙を」

「はい。静寂会に興味のあるふりをしたのも、あそこから501号の室内を見たかったから。ぼくはそう思ったんですけれど、鶴川さんはベランダの眺めに何を考えたんですか」

「えっと、だから……」

頭に手を置き、髪の毛をくしゃりと摑んでから言う。

「ぼくが考えたのは、紅茶のカップを片付けに来た人物は、玄関からではなく、ベランダから入ったんじゃないかということだ。カップをこっそり片付けて、来客があった痕跡を消し去ろうとするなんて、後ろめたいことがあるに決まっている。そういう人物は誰の目にも触れずに502号室に忍び込みたいだろう。となりのベランダならば、仕切り板を摑みながら片足ずつ手すりを跨ぎ、相手のベランダに降り立つことができる。夜だったから地上からは見えにくかっただろうし。むろん危険だよ。年寄りや小柄な人には難しい。でも背が高かったり、若くて身のこなしが良ければなんとでもなる」

「たしかに。502号室は玄関ドアだけじゃなく、ベランダのガラス戸の鍵もかかっていませんでしたね。ぼくは鶴川さんと一緒にここに入ったときに見ました」

佑作も気付いたのはあのときだ。紘人はベランダの荷物をよく見ろと指図だけしていたが、鍵のチェックはしていたらしい。

「スリッパの件もあるな。脱ぎ散らかされていたスリッパだよ。客人は最初の訪問のときは玄関から入ったのだろう。でも出るときは玄関じゃなかったのかもしれない。そして紅茶のカップを片付けなくてはと思い立ち、二回目はベランダから入った。スリッパはうっかり忘れた」

「いったいなんの話ですか」

律子さんが声を張り上げた。

「さっきからふたりして何を話しているんですか。犯人とか証拠とか、となりのベランダから入るとか出るとか」

恐ろしげに口元を押さえ、佑作と紘人を交互に見比べた。

「あのですね、落ち着いて聞いてほしいんですが、最近このあたりで、小学生の女の子がいなくなる事件が起きているんです。原口すみれちゃんと言います。串本さんは写真サークルの撮影会でその子と知り合ったらしい。そして、その子がどこにいるのか気付いていたのかもしれないんです」

律子さんは開いた口が塞がらない状態だ。佑作はそれ以上のフォローをあとまわしにして、床に置いてあった荷物を無理やり左右にどけた。和室とベランダの間にあるガラス戸を開ける。首輪をつけた白い猫が後足で頭を掻いていた。がらがらと開いた戸に驚いてにゃあと鳴く。

身を乗り出して５０１号室との仕切り板をうかがえば、下の隙間に何か置いてある。５０１号室の方から塞がれているのだ。これではもう猫が行き来することはできない。悪寒が走る。メモ用紙に名前を書いた子は無事だろうか。今すぐとなりをのぞいてみようか。

「鶴川さん！」

「鶴川さんっ」

「鶴川さーん」

異なるいくつもの声で名前を呼ばれた。

「何やってるの、そんなところで。串本さんちに来てるの？」

ひとつは沼田さん。５０３号室から首を伸ばし、猫を指さす。

「そこにいるならリリちゃんを連れてきて。串本さんもいなくなってしまったし。もう行かないよう植木鉢を置いたのよ。でも間をすり抜けちゃって」

背後からは険しい声が聞こえる。

「伯父さんの遺品を探しに来たんじゃないんですか。ちがうなら帰ってください。へんなことを言うのもやめてください。もう出て行って！」

律子さんの目は完全に吊り上がっている。猫よりも、こちらをなだめる方が先か。

「写真がありました。これ、すごい。早く見てください。ほら、鶴川さん」

紘人も大きな声を出す。

「写真だって？」

佑作は室内へと体を引っ込め、机の上のディスプレイをのぞき込む。

「自撮り棒があったでしょ、自撮り棒。あれで撮ったんだと思います」

指し示される画像を見るなり固まった。

ベランダから撮られた室内の写真だ。ガラス戸の向こうに人影が映っている。

大人の半分くらいの背の高さ。子どもだろう。両手でレースのカーテンを持ち上げている。目線はまっすぐカメラを向いている。撮られることをわかっているのだ。ならばあの目には言葉が詰まっているはず。何を言いたいのか。訴えたいのか。

表情はほとんどない。虚ろで疲れ果てている。まだ子どもなのに。

「撮影の日時はわかるかい？」

尋ねる声が裏返る。

「串本さんが亡くなった当日です。十五時三十二分」

「なぜ通報しなかった……」

「この子が原口すみれちゃんかどうかはわからないですよ。もしちがっていたらとなりの人に濡れ衣を着せてしまう」

「それにしたって、こんなにちゃんと撮れているのに」

「翌日には鶴川さんに相談するつもりだったんじゃないですか？」

紘人に言われ体の力が抜ける。へたり込みそうになる。

「そうか。そうだったな」

手を貸してほしいという口ぶりだった。この写真が撮れたことでいよいよ確信を持って、打ち明けてくれるつもりだったのかもしれない。

しっかりしなくては。串本さんの相談事を、遅ればせながらでも、受け取らなくては。

「乗り込もう、となりに。この写真、プリントアウトできるかい？　いや、警察か。警察に通報してこれを見せる。そしてとなりに踏み込んでもらうんだ。５０１号室のドアを開けさせる。串本さんは不審者なんかじゃない。原口すみれちゃんの安否をひたすら案じていた。この子を助け、みんなにほんとうのことを知ってもらうんだ」

あれもこれも駆け巡る。女の子の安否、串本さんの名誉回復、真相解明、ついにするぞ、通報。

興奮のあまり呼吸が速くなる。頭に血が上る。たった今、畳にへたり込みそうだったのに、今度は体が浮いているようだ。

それを紘人は「しっ」と押さえた。

「何か聞こえませんか」

そう言って、玄関の方へと視線を向ける。耳を澄(す)ますとたしかに言い合うような声が聞こえないでもない。女の人のようだ。

「なんだろう」

「気になりますね。ひょっとしたら」

紘人はマウスから瞬時に手を離した。あっという間に身を翻(ひるがえ)し、飛ぶような速さで廊下を突き抜ける。佑作はあわててあとに続いた。やりとりに圧倒されていた律子さんもついてくる。

玄関ドアを開けると、そこにいたのは沼田さんだった。手ぶらの両手を振りながらおろおろしている。

「どうしたんですか」

勢い込んで飛び出した紘人が棒立ちになったので、佑作が声をかけた。

「今ね、そこから人が出てきて、あれ、誰かしら。私、わけがわからない……」

沼田さんが指をさすのは501号室だ。

「大柄の男？　それとも女子高生？」

「ちがうの。ぜんぜんちがうのよ。そして、胸にこう、毛布の塊(かたまり)を抱えてた」

紘人が佑作の肩を叩く。

「逃げようとしてるんだ！　捕まえなきゃ」

駆け出す紘人の背中を追いかける。501号室の人間が何か気付いたのかもしれない。こちらの動きを見ていたのか。可能性はある。何といってもとなりなのだ。しかし、この期に及んで逃げるなど、あり得るのか？　沼田さんはなぜ動揺してたのだ。

エレベーターの場所まで来たが、上がってくるのを待つのがじれったい。紘人が階段に向かったので佑作もあとに続く。階下から声が聞こえてくる。言い争うような剣呑な声だ。五階から一気に駆け下りる。

エントランスの真ん中には、揉み合う人々がいた。真っ先に目に入ったのは管理人さんだ。ちょっと待って、怪我しますよ、やめなさい、よしなさいと、揉めてる人たちを引き離そうとしている。

その片方は、若い奥さんたちだ。痛い、何するの、あんた誰、聞いてるのよ、待ちなさい、いい加減にしなさいと、三人がかりで挑みかかっている。

対するのは黒っぽい上着をすっぽり着込んだ女性……のようだ。若奥さんたちを振り切ろうとしている。

何がどうなっているのかわからず立ちすくんだが、紘人がパッと飛び出し、出入り口の前にまわり込んだ。くるりとこちらを向いて両手を大きく広げる。逃がさないぞ、という構えだ。

佑作はそちらに向かってうなずき、騒ぎの真ん中に分け入った。

「いったいどうしたんですか。落ち着いてください」

管理人さんは目に見えてほっとした顔になった。

「助かった。手を貸してください。わけがわからなくて。私はただこの人に声をかけただけなんですよ」

佑作の参入に、みんなの動きが止まる。その隙を突くように黒っぽい上着の人物が身をよじった。自分を押さえつけている手を振り切ったのだ。そして一歩、前に踏み出したが、猛然と胴にタックルする人がいた。森尾さんだ。上着の人物は森尾さんの頭に思い切り拳を叩きつける。森尾さんの力は緩んだだろう。でも他の奥さんたちが飛びかかり、左右の腕にそれぞれかじりつく。ねじ伏せるようにして動きを封じ込める。

ただの揉め事ではない。口喧嘩でもない。渾身の力と力のぶつかり合いだ。みんな形相が変わっている。佑作も管理人さんも呆気にとられる。迫力に負ける。

「放せババア」

「あんた誰」

「関係ないだろ」

だみ声で凄まれても、一番すらりとした背の高い奥さん、岸さんだったかは少しも動じない。吠えるように言う。

「この子は誰？　この子ども！」

目線が床に向けられ、その床には茶色の毛布の塊があった。上着の人物の足元だ。

佑作は手を伸ばしたが、「触るな！」と一喝（いっかつ）される。そのとき初めて目が合った。

知らない人だ。年の頃は二十代後半だろうか。眉を描いて口紅を塗っている。アイシャドウやマスカラもしている。水商売的な濃い化粧。知らないはずなのに、どこか見覚えがあった。

管理人さんも佑作のとなりにやってきて、すばやく毛布に手を掛けた。

中から現れたのはぼさぼさ髪の、痩せ細った女の子。あの写真の子だ。

「すみれちゃん、あなた、原口すみれちゃんでしょ」

森尾さんが叫ぶ。女の子が何か言う前に、上着の濃い化粧の人物が口を開く。

「ちがう。この子はぜんぜんちがう。あんたたち、まちがってる。放してよ。こんなことしてると暴行罪で捕まるよ」

「だったらこの子は誰なの」

上から岸さんが言い返す。

「私の子よ。ほら、あかね。みんなに言って。すみれじゃなくて、あかねだって、私がママだって」

女の子は目を伏せ悲しげな顔になる。今にも泣き出しそうだ。佑作も管理人さんもどうしていいのかわからない。おろおろしていると、突っ立っていた律子さんがしゃがみ込んだ。女の子の肩に優しく手を置く。どうしたの、大丈夫よ、心配しなくていいの、みんないるからね、そんな言葉をかける。

「あかね、何やってるの。一緒に行くんでしょ。しっかりして。ママにもう会えなくなるよ。それでもいいの？　ママ、死んじゃうよ。あんた、ママを殺すの」

　上から岸さんがやめなさいと遮る。

「いい加減にしなさい！」

　それを無視し、なおも言い募ろうとする上着の人物を、佑作はまじまじと見つめて言った。

「あんた、まさかあの……女子高生か。ここでよくすれちがった制服姿の」

　管理人さんが「だよね！」と叫ぶ。別人に見えるけれど、どう考えてもおかしいと思い、声をかけたそうだ。上で沼田さんが混乱していたのもこのせいか。

「どっちがほんとうなんだ。女子高生？　それとも今の姿？」

「気持ち悪い目で見ないで。あんたに関係ないでしょ」

　クソ生意気な口の利き方と高飛車な物言いはまさしくあの高校生だ。でも化粧の巧みさとぱさついた髪の毛、目の下のくたびれた肌は十代ではないような気がする。

　こいつだ。今やっと理解する。串本さんが通報をためらった理由に思い至る。

こいつがいたからだ。あの男だけならもっと早くに警察に知らせていた。まちがいを恐れるより、子どもの無事を確認したかっただろう。ためらったのは、あの部屋に出入りする女子高生がいたから。どういうことだと悩まずにいられなかった。うかつなことをして、女の子と女子高生に何かあってはと二の足を踏んだ。

　串本さんはおそらく、女子高生を犯人側の人間とは考えなかった。そういう立場だとしても、やむにやまれぬ事情があってのことだと思った。だからこそ、花柄の紅茶カップを用意した。優しくもてなすつもりだった。

「あんたはこのマンションに出入りしながらも、ほんとうの自分を隠そうとしたんだろ。制服を着て女子高生になりすまし、あとになってから謎の学生として煙(けむ)に巻くつもりだったのか。失敗だな。大失敗だ。もう逃げられない」

「煙に巻く！　そうよ、よくわかっているわね。あの部屋には灯油をまいてきた。発火装置をセットしたからもうすぐ火の手があがる。みんな燃えてしまうのよ。あんたたちもさっさと逃げたらどう？　それとも消火器を持って走ったら？」

　管理人さんが腰を浮かす。立ち上がって今にも駆け出しそうだ。若い奥さんたちもひるんだのか、手足の力を抜く。そのとたん、黒っぽい上着の女は自分を押さえつける腕を振り切って、息を吹き返す。うずくまる女の子を掴もうとする。

　佑作は毛布をかぶせてその子に覆(おお)い被さった。女の手を遮る。

「何するの！　どきなさい、変態」

「そう思うなら警察を呼べ。今すぐ呼べ」

「もうすぐ火の海よ。何もかも燃えるのよ」

「この子を、守る方が先なんだ」

我が子を守れなかった串本さんの無念を思い知れ。

そのとき玄関ドアが開き、荒々しい靴音が聞こえた。

「何やってるんだ。早くしろ」

顔を向けると、５０１号室に住む男だ。女は立ち上がり、この子を連れてきてと指示する。そしてひとりでドアの方へと走ろうとする。

あっと思ったが、佑作は動けない。それよりも大柄な男が血相変えて、駆け寄ってくる。殴られるのか、蹴飛ばされるのか、突き飛ばされるのか。体に力を入れて歯を食いしばる。はだけた毛布ごと小さな塊を抱え込む。温かい。震えている。この子を守らなくては。

頭にガツンと衝撃が走った。悲鳴がいくつも上がる。肩を摑まれ押しのけられるがなんとか踏ん張る。次にくるのは脇腹への膝蹴りか。でも男の体が横に傾ぐ。管理人さんだ。突き飛ばしてくれたらしい。すぐに体勢を立て直したが、攻撃に移る前に動きが止まる。

「サイレン！　ほらパトカー。警察がくる」

奥さんのひとりが叫んだ。佑作は顔を上げて玄関ドアを見た。その手前では紘人があの女を床にねじ伏せていた。女の足がばたばた動いている。

サイレンがマンションの前で止まった。制服を着た警官や私服姿の男たちが駆け込んでくる。

大柄の男は佑作の傍らで呆然としていた。手足から力が抜けている。あの女ほど往生際は悪くないらしい。

「君は、彼女の何なんだ」

思わず問いかけた。

「あれは姉ちゃんだ」

つぶやかれた言葉に耳を疑う。

「その子の母親もおれの姉ちゃんだ」

私服姿の男がやってきて、大柄男の身柄を拘束した。まわりから安堵の吐息が漏れる。

管理人さんが「大丈夫かい」と言いながら佑作に手を貸してくれた。体を起こすと、抱えていた毛布の塊が動いた。警察関係者らしい女性が片膝をついて毛布をはがす。痩せた女の子が目を赤くしてしゃくりあげた。

「原口すみれちゃんね」

こくんと首が縦に振られる。よかった、ほんとうによかった。まわりから聞こえてくる。

この言葉とみんなの気持ち、そして猫に紙をくりつけ、興味のないサークル活動に潜り込んでまで助けようとした串本さんの切なる思いを、すみれちゃんという女の子にとどけたい。できればいつまでも心のすみに残しておいてほしいと思う。

捕まったふたりが真実、すみれちゃんの母方の身内だとしたら、これからも試練はふりかかるかもしれない。心を痛めることは起きるかもしれない。そんなとき、君の無事をただただ祈り、全力で守ろうとした人たちがいたことを覚えていてほしい。

火事の話を思い出した奥さんたちが、警察に訴え、501号室に急ぐよう叫ぶ。間に合うだろうか。火災報知器の音は聞こえないが。管理人さんがマスターキーを持って追いかける。

「鶴川さん」

紘人が駆け寄ってきて、手を差し伸べてくれた。

「殴られてたでしょ。大丈夫ですか」

「あれくらいなんとも……いたた。通報したのは君か」

うなずく紘人の手を摑み、勢いを付けて立ち上がる。たちまちずきずきと痛む。医者に行くよう律子さんに言われ、警察の人は話が聞きたいという。どちらも逃れようもない。

でもその前にひとつだけ、紘人に言っておきたかった。

「君がいてくれたから頑張れたよ。君がいなければ、串本さんの名誉も回復できなかった。ありがとう」

彼は驚いた顔になる。そして何か言いたそうな顔にもなった。

聞いてみたい。聞かせてほしい、君の話。

火災報知器の鳴らないエントランスで、佑作は笑みと共にひょろりとした若者を見上げた。

第十章　ちょっとはその気に

新聞に載るような大きな事件に関わるのも、警察の事情聴取を受けるのも、生まれて初めてのことだった。佑作に限らず、あのときマンションのエントランスに居合わせた人たちはほぼすべてそうだったと思う。

午後から串本さんの告別式が予定されていたので、律子さんだけは斎場に向かったようだ。佑作はパトカーで病院に連れて行かれ、告別式には出られなかった。病院での診察後、警察に直行した。

途中で501号室に火事は起きず、そんな痕跡もなかったと聞かされた。どうやらあの場での口から出任せだったらしい。無事保護された女の子、原口すみれちゃんは救急車で病院に運ばれ、心身の消耗はあるものの外傷はないとの診断を受け、駆けつけた両親と再会を果たした。

警察署での事情聴取は、机を挟んで目の前に男性の刑事が座り、後方に記録係が控える形で進められた。何をどう話せばいいのか。佑作にしても気持ちの整理がおぼつかない。

まさに急転直下の出来事だ。

尋ねられるまま言葉を選びつつ、なるべく率直に答えた。警察が知りたいのは佑作と串本さんの間柄だ。なぜ串本さんが、原口すみれちゃんの行方不明事件を調べていたのかという点。佑作がどうしてそれを知り得ていたのかも。

串本さんはマンション内での親しい隣人だった。亡くなったあと、斜め向かいのグリーンハイツに出入りしていることを402号室の加々見さんにほのめかされ、何を言っているのかわからず、ぽかんとするだけだった。その頃、同じマンションに住む若い奥さんたちから、小学生児童の行方不明事件に、串本さんが絡んでいると聞かされ驚いた。このあたりも嘘偽りはない。

そのままにはしておけず、グリーンハイツで行われているサークル活動を訪ねてみれば、串本さんはさかんに窓からの眺めを気にしていたらしい。何を見ていたのだろう。手がかりがほしくて律子さんに連絡を取り、部屋の中に入れてもらった。すると机の中にあったのはあの紙。パソコンの画像には女の子の姿をとらえた写真があった。

そこに至るまでの前哨戦、串本さんの遺体発見と消失、そして出現については一切触れなかった。聞かれたことだけ答えているうちに図らずもそうなったのだが、隠したいという心理が働く前に事情聴取が始まったのは、かえってよかったのだと思う。変な汗をかかずにすんだ。

紘人や律子さんと口裏を合わせる暇はなかった。けれど同じように聞かれたことだけ答えていれば、遺体移動の話は出てこないだろう。それを密かに祈った。佑作が一番こだわっていた紅茶のカップの件も、話題にならないので口をつぐんだ。串本さんの亡くなったときの状況をもっともよく知るのは、やはり犯人たちだ。彼らが語ったならばいずれ耳に入る。語らなくとも、聞き出す機会を作らねばならない。たとえ何年後になってでも。

事情聴取では自分が話したことについてはしつこく何度も聞かれた。相手が替わってまた一から話をさせられる。そんなことを繰り返したので時間はかかったが、基本的には犯人逮捕に協力した民間人として扱ってもらえた。少しずつ落ち着きを取り戻せた。

紘人や律子さんだけでなく、管理人さんや若い奥さんたちもそれぞれ事情聴取を受けた。静寂会にも警察は行ったらしい。少し心苦しかった。あそこはほんとうに巻き込まれただけなのに。

マンションの人たちとはゴミ捨て場で顔を合わせたときなど、カツ丼は食べましたか、テレビドラマみたいですね、刑事さんを初めて見ました、そんな会話をするようになった。一週間が過ぎる頃だ。管理人さんともようやくふたりきりになる機会ができ、逮捕劇直前の話を聞かせてもらった。

あの日、管理人さんは階段の錆(さび)の出方を調べていたという。六階から見下ろすと、佑作と紘人が502号室の前でうろうろしているのが見えた。しばらくして律子さんがやってくると、三人は部屋の前で話し始めた。

　それだけならなんてことのないひとコマだが、六階から五階へ下りていくと、エレベーター横の手すり壁にあの女子高生（もどき）が立っていた。物陰から通路をうかがっている。視線の先にいるのはあの三人。声をかけるのもためらうほど真剣な顔をしている。訝しんでいると、三人の姿がドアの向こうに消えてから、彼女は通路に出てきた。502号室の前を通り過ぎ、501号室に入っていった。

　あのとき、やはり見られていたのだ。佑作たちの動きに危険を感じ、彼女は軟禁しているすみれちゃんを別の場所に移そうと考えたのだろう。毛布ですっぽりくるみ、マンションの外へと強行突破を試みて、捕まった。

　管理人さんは未だに、制服にころっと騙されたとぼやいている。佑作も同感だ。

　串本さんの告別式に行けなかったのは唯一の心残りだったが、そんな佑作の呟きを誰かが伝えたのか、律子さんから電話がかかってきた。502号室に遺影とお位牌を飾るので、よかったらお別れにいらっしゃいませんかと。

　紘人や若い奥さんたちにも声をかけてくれないかと頼まれる。奥さんたちからはあれ以来ずっと、串本さんに謝りたい、お線香のひとつもあげたいと言われていたので、助かる申し出だった。

告別式が行われてから九日目に当たる日の午後、佑作と紘人、若い奥さんたち三人で502号室を訪ねた。チャイムを聞きつけて出てきたのは管理人さん。ふつうなら勤務時間だが、午後休を取ったそうだ。たまにはいいんだよと破顔する。

さあさあ、入った入ったと手招きされ、佑作たちは靴を脱いであがらせてもらった。リビングルームに隣接する和室、そこに白い布を掛けられた、祭壇がしつらえられていた。線香立てとお位牌の間に、柔和な笑みを浮かべる串本さんの遺影が飾られている。

ひとりずつ順番にお線香をあげて手を合わせた。律子さんがお茶を出してくれたのでリビングルームにはみ出しつつ、畳や床に座ってひと息入れた。若い奥さんたちはしきりに申し訳なかったと恐縮していたが、話はみんなの共通体験である事情聴取へと移り、刑事たちの品定めに発展する。

わいわいやっているとチャイムが鳴った。律子さんが玄関に出ると、現れたのは原口すみれちゃんのお父さんだ。

四十代半ばだろうか。しっかりした体軀をダークスーツに包んだ、精悍な顔つきの男性だ。あの日、エントランスで犯人の逃走を阻止し、すみれちゃん救出にひと役かった方々に、直接お礼がしたかったと言う。互いに警察とのやりとりが相次ぎ、顔を合わせることさえままならなかった。

原口氏もまずは串本さんの仏壇に手を合わせる。そのあと深々と、佑作たちに頭を下げた。

ニュースでは行方不明の女の子が無事保護された件と、犯人が実母のきょうだいであることが報じられていた。犯人たちの顔写真と実名も明らかになっている。女は田中ゆかり、二十七歳。十歳も年下の女子高生に変装し、多くの目を欺いた。男は田中恭司、二十二歳。こちらは何もしなくても年上に見られていた。

原口すみれちゃんは離婚ではなればなれになっている〝実の母親の妹〟という人に声をかけられた。ゆかりが母と写っている写真などを見せられ、すっかり信用してしまったそうだ。じっさいほんとうの妹なので、警戒心を持つなと言う方が難しい。写真は本物であり、ゆかりには幼稚園の頃に一度だけ会っている。その一方、すみれちゃんはここ三、四年、実の母親に会っていない。

ゆかりはすみれちゃんの実母が二ヶ月前に日本を離れ、海外に長期滞在中だと知り策略を巡らせた。不在をいいことに弟をそそのかし、すみれちゃんには母親が会いたがっていると言って誘い出した。

弟は知人の知人から501号室を短期で間借りしていたようだが、角部屋というのが策略を後押しした。企んですぐ、和室に外側から掛ける鍵をつけるという念の入れようだ。内側からは開けられない。

そこに閉じ込め、もうすぐ母親が来ると嘘をついた。念を入れたのは変装もだ。501号室の外では制服を着た女子高生に徹したが、中では着替えて化粧をして、叔母の姿になってからすみれちゃんに会った。

そして数日経っても一向に母親の現れる気配はなく、すみれちゃんが帰りたいと泣けば、今ここで騒げば母親が大変な目に遭うと脅(おど)した。すぐ会えるつもりが遅れてしまい、このままだと母親が誘拐罪で捕まってしまう、などなど。弟のことは叔父ではなく、恐ろしい監視人と吹き込んだようだ。おとなしく従う以外ないのだと、小さな子に思い込ませた。

窓を開けることさえ禁じられた日々の中で、あるときすみれちゃんはベランダにやってきた猫に気付く。沼田さんちの白猫だ。可愛らしくにゃあにゃあ鳴く。窓辺に立ちじっと見ていると、ベランダの仕切り板の向こうから、おじいさんが顔をのぞかせた。

誰かに見つかったと、そのときすみれちゃんはひやりとしたそうだ。監視人に気付かれたら怒られる。でも助けてほしい気持ちも大きい。

おばさんたちには秘密にしていると、嬉しいことにまた猫がやってきた。あのおじいさんが飼っているのだろうか。土曜日の小学校で写真を撮っていたおじいさんに似てるけど、よくわからない。気になって仕切り板の方を見ると、棒が伸びてきて、その先に紙が貼ってある。目を凝らせば、「ネコの　くびわ」との文字が。

あわてて猫を見下ろした。首輪に何か挟まっている。すみれちゃんは意を決し、ベランダの掃き出し窓を開けた。猫を招き寄せて首輪から紙切れを引き抜く。広げたところ、「おなまえは？」と。小さな鉛筆もセロハンテープで貼り付けられている。閉ざされた和室の戸の向こうに、監視人である男がいるかどうかはわからない。緊張しながら「原口すみれ」と記した。猫の首にくくりつけ窓を閉めた。

それきり何事もなかったふりをしていたが、夕方になって男が部屋に現れると、なんとも目ざとく鍵の異変に気付いた。レバーが固くて、すみれちゃんの力ではきっちり真上に向けられなかったのだ。男は窓を開けたのかと怒鳴った。そいつなりに心当たりがあったのだろう。「猫か」と言い捨てベランダに出た。幸い、猫はもういなかったが、即座に仕切り板の下をふさいだ。

これでもう猫は来てくれない。すみれちゃんの落胆は小さくなかった。ベランダの手すりから空に向かって飛んでいくことばかり考えた。家族や友だちに会いたい。窓辺にたたずんでいると仕切り板越しに、今度はカメラが伸びてきて写真を撮られた。となりのおじいさんだ。誰でもいい。助けに来てほしい。ここから出してほしい。夢中で祈ったという。

なんの進展もなく数日が過ぎ、希望が失望に変わる頃、おばさんがあわただしくやってきた。部屋にいた男と言い合っている。レンタカーがどうのこうの、行き先がどうのこうの。男の出て行く気配がしたあと、和室の戸が開けられた。

お母さんが捕まりそうになり大変だと言う。今すぐ会いに行こうと言う。ほんとうなの、ほんとうに会えるの、すみれちゃんが聞き返すのも鬱陶しいらしい。鞄にさまざまな物を詰め込み、すみれちゃんには毛布をすっぽりかぶせ、玄関へと急き立てた。

いきなりのことで、足がもつれてうまく歩けない。前を行くおばさんが玄関のドアを開ける。外の風が吹き込み、明るいものが自分を包む。新鮮な空気が胸の奥底まで届く。立ち尽くしていると毛布ごと抱き上げられた。

おとなしく縮こまっていたが、おばさんは通路で誰かと立ち話を始める。ずり落ちて今にも足が床に付きそう。ぐっと持ち上げられて、今度は通路をどんどん進む。エレベーターで一階に運ばれ、そこからまたおばさんが足を動かす。横から誰かに声をかけられる。男の人だ。

おばさんはすでに息が上がっていた。腕の力が緩んだのか、すみれちゃんはまたずり落ちる。今度は止まらず毛布ごと床に投げ出された。心配そうにのぞき込む男の人と目が合う。話しかけられそうになったが、おばさんがさっと間に入る。腕を引っぱられ、毛布を巻き付かせながら歩き出す。そこでエントランスの先にある自動ドアが開き、女の人たちが入ってきた。

すみれちゃんはその人たちとも目が合った。相手は驚いた顔になる。おばさんは再び抱き上げて歩き出そうとしたが、女の人たちが行く手を遮った。

「ちょっと待って」

「どいてください」

「でもその子……」

「具合が悪いんです」

「お名前は？」

毛布がずれて顔が明らかになる。

「あなた、もしかしてすみれちゃん？」

誰かがそう言い、当のすみれちゃんは目を瞠った。わたしのことを知っている？　そうですとうなずきたかったが、おばさんが「ちがいます」と言い返す。その声音に、すみれちゃんは震えた。恐ろしいことが起きるような気がしたのだ。怯えていると、女の人が「すみれちゃんなの」ともう一度聞いた。

おばさんは毛布ごと床に下ろし、立ちはだかる女の人たちを片手で払いのける。すみれちゃんの腕を無理やり引っぱる。でももう、気力も体力も残されていなかった。床にへたり込んだきり動けない。心細い。恐い。もういや。

そこに新たな足音がして、騒ぎに加わる人がいた。佑作たちだった。

「ほんとうにありがとうございます。あのまま連れて行かれたら、どうなっていたかわかりません」

逮捕劇に関わった者として、すみれちゃんの身に何が起きていたのか、話してもらえたのはありがたかった。気持ちの整理に繋がりそうだ。あそこで５０１号室のふたりを止めたのはまちがいではなかったと思えばこそ、警察の執拗な事情聴取に堪えられるというものだ。これからもまだあるかもしれないから。

紅茶のカップについても新たにわかったことがあった。ベランダの手すりに靴跡などがあり、警察が追及したところ、串本さんが亡くなった日の夜、ゆかりは５０２号室に招かれ、紅茶をふるまわれたという。

ベランダ越しに女の子の写真を撮った串本さんは女子高生を家に入れ、はっきり問いただすつもりだったのだろう。ところが、話の途中で倒れ、亡くなってしまった。ゆかりにしてみれば、関わりたくなかったにちがいない。あわてて玄関から帰ろうとしたが、人の声が聞こえて出るに出られず、ベランダを思いついた。手すりを乗り越え５０１号室に戻ったとのことだ。

通報すれば助かったかどうかは、医師でも立証が難しいらしい。

紅茶のカップを片付けたタイミングとしては、その夜の十時頃だとゆかりが証言したそうだ。人目を避けてベランダから５０２号室に入り、カップを棚にしまったところでチャイムとノックが聞こえた。大急ぎでベランダ伝いに戻ったとのことだ。警察も訪問者を探しているだろうが、重要視してないと思われる。佑作も聞かれていないので。

あらためてその場を頭に思い浮かべ、心臓が縮み上がる。ゆかりの聞いたチャイムやノックはおそらく律子さんだ。鉢合わせしていたらどうなっていただろう。いや、その直前には佑作自身も５０２号室にいたのだ。

深く長く息をつく。一言も声を発せられないまま、喉がからからだ。

「それで犯人の動機ってのはどうなんですか。やはり金銭目的で？」

管理人さんがみんなの知りたいことを率直に尋ねる。

「詳しくは話せないんですが、私から巻き上げるというより、最近、私のやってる会社である大口取引が決まりかけていました。でも、娘の行方不明事件が起きて、それどころではなくなり契約は流れました。その隙に横入りした会社がありまして、そこの取締役と田中ゆかりは関係があったようです」

契約には社長が出向く必要があった。けれど相手は海外の企業。事件が起きてどうしても日本を離れるわけにはいかなかった。

「ゆかりは目的をはぐらかしていますが、警察もさまざまなルートから調べていますので、いずれはっきりするかと思います」

「だったらすみれちゃんに害を加えるつもりはなかったんでしょうか」

「本人はそう主張しています。けれど長いこと子どもを軟禁するだけで重罪ですよ。変装して別人になりすまし、娘を脅して黙らせ、自分は無罪放免を狙っていたんです。冗談じゃないです。そういう意味でもあそこでしっかり押さえてくださって助かりました。すみれにとっても、ほんとうによかったと思います。ひどい人もいるけど、助けてくれる人もいるのだとわかりましたから」

「すみれちゃんの実のお母さんは？」

ためらいがちに森尾さんが口を開く。

「日本に一時帰国しています。すみれにも会い、恐い目に遭わせてごめんねと謝っていました。彼女は何も知らなかったようなので、それはそれでショックだったと思います。私にしてみても、すみれがそんなにも実の母親に会いたがっていたとは気付けず、思いやりが足りませんでした。当のすみれは今、継母と夜も同じ部屋で下の子と三人で寝ています。これまでは自分の部屋だったんですけれど、ひとりではいたくないらしく、あれ以来べったりで。心配しましたが、やっと落ち着きを取り戻し、学校にも通い始めたんですよ」

笑顔も増えたと聞き、みんなほっとした。串本さんもこの場にいられればよかったのにと思わずにいられない。佑作が遺影に目を向けると、それに気付いた律子さんが立ち上がった。

遺影ではなく、土産物の詰まった棚から例の写真立てを持ってくる。伯父の家族写真ですとみんなに見せてから、おもむろに枠を外す。中の写真を取り出して、くるりとひっくり返した。そこには串本夫妻の名前と、「すみれ六歳」との記載があった。

伯父さんには娘がいたこと、その子が事故に遭い、たった七歳でこの世を去ったことを、律子さんは話す。

「だからよけい、すみれちゃんのことが気になったんだと思います」

原口氏も若い奥さん三人も管理人さんも目を瞠り言葉を失(な)くす。

「たったひとりの小さな女の子の生死が、伯父の人生を変えました。命はそれほどまでに重いんですね。皆さんどうか、お子さんたちをだいじにしてください。子どものいない私もです。自分にできることをしたいと思います。たとえば……そう、レストランで騒ぐ子がいても優しい目で見守るとか、ベビーカーのお母さんに道を譲(ゆず)るとか」

「そこから？」

佑作が思わず呟くと、律子さんが恐い顔で振り向く。

「いいじゃないですか。地道にこつこつですよ」

「道、譲ってなかったんですか」

「いいえ、もちろんお譲りしてましたよ。ただ、これからは微笑(ほほえ)んでどうぞって言うんです」

涙ぐんでいた奥さんたちがぷっと噴き出す。律子さんの言葉に胸がいっぱいになり、泣かずにいられないのに笑わせないでほしいと。原口氏も顔をほころばせながら、目尻をしきりに拭っていた。管理人さんはうんうんとうなずく。

みんなの様子を見ながら、佑作は早春の野原を思い出していた。串本さんが最後に訪れたカナダの野原だ。そこに咲いていたのはすみれの花だったのではないか。行方不明の子どもの名前を紘人から聞いたとき、何かが引っかかった。これだったのだ。

野に咲く可憐な花の名前と、子どもの名前。すでにそこから繋がりがあった。

写真は葉書に仕立てられ、奥さんのもとに送られた。最後の一枚。奥さんはどんな気持ちで受け取ったのか。分かち合う思いは少なくなかっただろう。

原口氏のスマホに着信があり、これから会社に行かねばならないと言う。佑作たちも引き揚げることにした。律子さんとは玄関先で別れた。管理人さんは加々見さんと一緒にスパに行くそうだ。奥さんたちもそれぞれの家に帰っていく。

紘人は六階のおばあさんの家ではなく、本来の自宅に戻ると言う。エレベーターの下りボタンを押そうとするので、その前に声をかけた。

「腹は減ってない？」

振り向いたときには白い歯がのぞいていた。伸ばしていた人さし指を引っ込める。

「減ってます」

「だよな。若いときはいっつも腹が減ってるよな。カップ麺でよかったらあるけれど」

うなずく彼と共に通路を歩く。今までで一番、足取りが軽かった。

とんこつ味と担々麺は密かに新しく購入したものだ。やかんで湯を沸かしながらどっちにするかと問えば、紘人はとんこつを手にしたあと、やっぱりと担々麺を選ぶ。包装フィルムを外すように言う。彼は手際よく、スープの素や具の用意もしてくれる。

「鶴川さんの引っ越しはどうなったんですか」

和室には相変わらず段ボール箱が積まれている。

「このマンション、売れそうですか?」

「それなんだよね。諦めの境地でいたら、事件はあったものの子どもは救出されたし、犯人はわいせつ目的の変質者ではなかった。この点は重要だそうだ。ほとぼりが冷めるのは案外早いだろうと、不動産屋に励まされたよ」

沸騰したお湯を容器に注ぐ。手近にあるコースターや皿で上蓋を押さえた。

「へえ。よかったですね」

「ほんとうだろうかと、半信半疑だけどね」

「買い手が決まるまではここにいるんですか」

「さすがにそう悠長なことも言ってられなくて。実はひと足先に実家のリフォームが始まるんだ。それがあるからしばらく行ったり来たりして、リフォームが終わり次第、引っ越す予定だ。居住者がいなくなった方が売りやすいと聞いたから、それもひとつの手かなと思って」

実家のリフォームは姉と妹からの要望だ。単純に転がり込むのではなく、老いた母が暮らしやすいよう住まいを整えてくれるなら、土地を含めた家屋敷の相続権は放棄すると言う。田舎なので不動産価値はもともと高くないが、先々のことを思うと助かる。リフォーム代ならば退職金で何とかなりそうだ。

「向こうでの仕事って決まってるんですか？　働くんですよね」

「もちろんだよ。これでも就職活動中なんだ」

時間が来たので蓋を開けて、「いただきます」と食べ始める。

「スーパーの品出しや駅ビルの警備員、弁当屋の厨房など、探せばぽつぽつある。心機一転、今までのような事務職にこだわらず、思い切って飛び込むつもりでいたんだ。でも」

麺をすすって、具を摘む。

「でも？」

「ひとつだけ、知り合いが紹介してくれたのに尻込みしていた仕事があった。ぜんぜん向いてないと思ったんだが、最近ちょっと気持ちが変わりつつある」

「なんですか、それ」

お互いに割り箸をせっせと動かし、水を飲んで汗も拭う。

「聞いて驚くなかれ。マンションの管理人なんだよ」

「おお」

驚いてもらい、笑顔になってスープを飲む。とんこつもいけるな。

「今どきは便のいいところにそれなりの規模のが建っているんだが、どう考えても大変じゃないか。マンションの住民なんて、年齢も出身も職業もてんでんばらばら。うるさい人はほんとうにうるさい。掃除やゴミの世話が毎日あって、冬は寒くて夏は暑い。管理人室に座っていればいいような仕事でないことは、よくわかっているんだ」

「でも、ちょっとはその気になってるんですか」

「ちょっとね」

佑作の脳裏にいくつもの顔が浮かんだ。沼田さん、加々見さん、北島さん、石塚さん、串本さん、森尾さん。他にも、あの人この人。

「会社で働いてるときも、鶴川さんはいろんな雑用をやってたんですよね。うるさい人もいたでしょう？」

「そうなんだよね。どこにでもいるんだ、うるさい人。そして人の集まるところに意見の対立はつきもの。見解の相違は日常茶飯事で、思いがけない出来事が日々起きる。小さいのから大きなのまで。いいことも、そうでないことも」

押しつけられる雑用や人の世話が嫌で、会社を辞めたわけではない。むしろ不測の事態が起きたとき、迅速に対応して騒ぎを最小限で収められたなら、自己満足でかまわない、それなりの達成感を味わったものだ。

「もしも鶴川さんがなるとしたら、ここの管理人さんに弟子入りしとくといいですね」

「弟子！」

紘人の言葉に思わず「あはは」と声が出る。

「言えばきっと面白がって聞かないことまで教えてくれそうだね。考えてみるよ。君はどうなんだい。ここしばらく親御さんの家に帰ってるんだろ」

紘人が身にまとっているのは高校の制服だ。ひょっとして学校に行き始めたのではと、再会してすぐ思ったが、今日の目的はお焼香。きちんとした身なりにしただけなのかもしれない。

静寂会で小耳に挟んだ彼の祖母の事情は、電話でやりとりしたときに話した。自宅で夫が亡くなり、警察の取り調べを受けるという思いがけない事態に見舞われ、心身共に深い痛手を受けた。

「おばあさんは元気にしてる？」

「はい。誘拐事件にびっくり仰天でしたけど、串本さんの死については警察も事件性は薄いと考えているとわかって、それからは落ち着いてます」

「今思えば、ここに引っ越してきて、ようやく平穏な暮らしに戻りつつあったんだね。倒れている串本さんを見て、パニックに陥（おちい）るのは無理ないと思うよ。旦那さんのことを思い出したんだろうね。じっさい、亡くなっていたわけだし」

「じいちゃんのときは、ほんとうに事故なのかと疑われたんです」

佑作は驚いた顔をしたが、想像できることではあった。そしてそれがさらなる心の傷になったことも察せられる。

「その場にいたのがばあちゃんだけなんで、無実の証明なんてできないんですよ。不審な点はなかったので、結果的に階段から落ちての事故死となったんですけど、ばあちゃんは動転のあまりすぐ警察に電話しませんでした。となりの家に助けを求めに行き、留守だったので引き返したり、娘であるぼくの母親に電話したり、じいちゃんを動かしたりと、いろんな隙を作ってしまったんです」

「そんなの仕方のないことだよ」

「でも近所には口うるさい人がいて、よけいなことを言い出して、それから変な噂になって、ばあちゃんの耳にも入ってしまいました。ただでさえ、警察の取り調べで参っていたのに」

「面白おかしくでたらめをまき散らす人間はいる。よくあることだろうが、言われた方はたまったもんじゃないね」

紘人は唇を噛んでうなずいた。

「みんながみんな、自分を疑っていると思い込み、すっかり頑なに」

「我が身に刺さるよ。首切り係になって以来、人はぼくという人間を信用してくれなくなった。そしてぼくも、まわりがどんどん信用できなくなった。どうすればよかったんだろうね」

「鶴川さんが答えを言ってくれたじゃないですか」

「ぼくが？」

「今、『人は』と言ったけど、会社の人ですよね。マンションに帰ってくればみんなふつうに挨拶するし、管理組合の仕事も一緒にする。今まで通り信用されている」

そんな話をしたっけなと思い出す。

「答えみたいなものに思えたんです。ぼくは、ばあちゃん思いの優しい孫ってわけじゃないです。自分も人から疑われるようなことがあって、そのとき初めて、ばあちゃんの気持ちがわかったような気がしたんです。大変だったんだなと本気で思った。だから今回の串本さんのことも、ばあちゃんを助けたいっていう一心で動いたんです」

例の、隠し撮りのことが頭をかすめる。あのときの彼はひと言で言うと冷徹だった。

「君自身に、疑われるようなことがあったの？」

「話すと長くなるんですけど」

「いいよ。ちょうどラーメンも食べ終わったし」

新しい水に換え、互いに喉を潤(うるお)す。

紘人はガラスのコップを手に、ためらいがちに口を開く。話は昨年の夏休み前に遡(さかのぼ)るそうだ。数人のクラスメイトがバイト先の在庫品をくすね、ネットで売り始めた。得ているのは微々たる金額なので、やってる方は遊び半分だ。手柄顔で語るのもいて「馬鹿じゃねえの」みたいなことを紘人は言っていた。

秋になってそれが発覚し、バイト先は激怒。窃盗(せっとう)罪として警察に届け出ると言い出した。タチが悪いので児童相談所送りもありえるという。家族も学校も寝耳に水だ。平謝りしてなんとかその場を収めた。

けれど生徒間では誰がチクったのかという別の問題が生じた。真っ先に疑われたのが紘人だった。どうしてそうなったのかは本人にもわからないと言う。担任とふたりきりでしゃべっているのを見た者がいるらしいが、それさえ心当たりがない。証拠はあるのかよと突っぱねたが、やった上での開き直りと言われた。

根も葉もない噂なのでそのうち収まるだろうと無視を決め込んでいたが、十二月のある日、転売していたグループ内のひとりが自殺未遂をおかした。風呂場で手首を切ったそうだ。発見が早く一命はとりとめたもののそれ以来、学校には来ていない。

成績優秀で、将来はどんな一流大学もよりどりみどりと目されていた男だ。グループ内での地位は定かでない。主犯格と言う者もいるが、ほとんど関わっていないのに捕まった、リーダー役を押しつけられたと気の毒がる者もいた。そして紘人とは昔からそりが合わず、犬猿の仲だった。紘人に言わせれば、いいこちゃんぶってるのが鼻につくいけ好かない野郎とのことだが、向こうも似たようなことを思っているのではないかと佑作は眉をひそめた。

　そしてその不仲が災(わざわ)いし、まるで紘人が追い詰めたかのように非難が集中した。

　さすがに学校に行きづらくなり、年明けからずるずると不登校が始まった。両親にとやかく言われるのも、担任教師がやってくるのもわずらわしく、逃げ込むように祖母宅に居着くようになった。一連の話を聞いていて、佑作は黙ってうなずいた。

　多くの者が我が身を安全圏に置きたかったのだろう。窃盗が発覚した理由は不明なのに、密告犯がいたという噂話がひとり歩きし、あっという間に疑わしき者が浮上した。悪事を働いたグループは、密告が窃盗よりも重罪だと印象づけたかったにちがいない。自殺未遂者が出てくれば、よけいに犯人役が必要だ。悪いのはあいつだと、まわりに思わせたい。自分も思いたい。

「なんにもしてないって、証明の方法がないんですよね。言われ放題です。中にはおまえじゃないよなと言ってくれるのもいたんですけど、少しでも疑ってるような言葉や目つきを感じるとどうしようもなく頭にきて、こっちから嚙みついてしまったり。そうすると、『後ろめたいことがあるからムキになる』と言い出すやつがいて、さらに悪者扱いですよ。気が付いたらほんとうにひとりになっていた。でも、前からひとりだったのかなと思ったりもする。濡れ衣を着せられるのも、前から俺は嫌われてたんだなあって」

佑作は深く息をついてから口を開いた。

「それたぶん、ぼくも、君のおばあさんも思ったことだよ。すごくキツイよね。ただでさえ弱ってるところにもってきて、とどめの一撃だ。自分は前から誰かに疎まれていた。嫌われるような人間だったたって」

腹の奥底にひやりとしたものがかすめる。未だに軽くは言えない。

「でも、ほんとうはちがうんだ。君を嫌う人間は、君以外の人間もいっぱい嫌う。大した理由がなくても勝手に嫌う。嫌うのが当たり前になってるから簡単に嫌う。そういう人間はどこにでもいるんだ。けれど世の中のすべてというわけではけっしてない。ごくごくわずかだよ」

紘人の口元がほころび、表情の硬さがやわらぐ。

「そう言ってくれる鶴川さんのおかげで、ぼくも学校以外に何かあればいいんだと、思えるようになってきました」

「ほう、それはいいね。とりあえずここがあるから。君のことを知ってる人がいる。おはようございますと挨拶すれば、おはようと返ってくる。腹が減ればこうしてカップ麺にありつける。いつでもおいでよ」

「そんなこと言って、鶴川さんは引っ越しちゃうじゃないですか」

口を尖らせたりして、まるで拗ねているような顔になる。それを見て笑う自分は、喜んでいるみたいだ。

「栃木まで来ればいい。若いうちはいろんなところに足を運ぶべきだ。必ず得るものがある。うちに来れば泊めてあげるし。ご当地のカップ麺も用意しておこう。スマホの番号は変えないから、連絡ならいつでも取れる」

「いいんですか」

その声に真実味があって、もしかしてほんとうに再会はありえるのだろうかと夢想する。会話ははずみそうだ。彼のその後はとても気になるし、こちらも話すことがあると思う。

「鶴川さんが管理人さんになったのかどうか知りたいです。もしそうなったら、どういうマンションで働いているのかも」

「そうなんだよね。平和であることを心から祈るけれど、何か、事件が起きているかもしれない。そのときは今回みたいに、名探偵っぽく解決してくれよ」

「今回？　ぼくは何もしてませんよ」

生意気でぶてぶてしくてかわいげのない坊主だが、頭の回転は速く、優等生っぽくふるまうこともできる。得がたい資質をゆっくり伸ばし、ぜひとも面白い話を披露してほしいものだ。

「おお。謙遜するんだ」

「鶴川さんが聞いてきたことを整理したり、まとめたりしただけで」

「君はいつ、501号室のふたりが怪しいと思ったんだい？」

紘人はすまし顔で肩をすくめた。

「偽物女子高生が串本さんのことを変質者呼ばわりしたときです。鶴川さんはそれでも串本さんを信用していた。もしも鶴川さんの方が正しければ、女子高生の誤解か、言い方が極端なだけか、嘘をついているのか、そんなところですよね。誤解ならばともかく、嘘をついているのなら、どういう理由があるのかを考えました。あのとき女子高生は、『今さら誰かに聞いてまわるなんて、止めた方がいい』と言ったんです。『串本さんは望んでいませんません』とも。すごく力のある言葉で、やる気を削ぐのに絶大なる効果があります。でもこれ、取りようによってはとてもおかしい。気持ち悪いとかなんとか、嫌でたまらないようなことを言ってるわりに、『望んでいません』と本人の意思を代弁している。生理的嫌悪感を持っている相手の心情を思いやり、こちらに尊重するよう押しつけているんです。矛盾してませんか」

佑作はあのときのやりとりを頭の中に思い浮かべた。串本さんが亡くなったのだから尊重する、という理由付けはあるかもしれないが、それなら気持ち悪いという発言も控えるべきだ。さんざん罵詈雑言で名誉を傷つけたのに、串本さんを思いやるようなことを言っている。

「たしかにちぐはぐだね」

「ぼくたちを止めたい気持ちが、まず先にあったからだと思います」

「おとなしくさせたかったのか」

あそこで萎えなくてほんとうによかった。すごすごと家に帰っていたなら、まさしく思う壺だった。

そして彼女が嘘をついていると仮定した場合、なぜ我々の動きを制したかったのか。調べられてはまずいことがあるのだろうと紘人は考えた。その直後に、森尾さんから聞かされた話は小学生児童の行方不明事件だ。彼女がこれに関わっているのではないかと疑いを持った。

斜め向かいのグリーンハイツから串本さんが我がマンションを観察していたと知ったときも、紘人には501号の室内をうかがっていたように思えたそうだ。角度からして見える部屋は限られている。501号室は彼女の出入りしている部屋でもある。串本さんからすれば隣室だ。何かしら気付いたことがあったのかもしれない。

その「何かしら」とは、行方不明の女の子に繋がる内容で、どこかに軟禁されているのではと想像が膨らんだ。

もしもそうならば、串本さんが女子高生に話しかけた理由になる。彼女にとっては迷惑きわまりない話だ。すげない態度を取るのは理にかなっている。串本さんの死因は心臓麻痺なので、彼女が手に掛けたわけではないだろうが、女の子の件を秘密にするためには好都合。ほくそ笑んでいたかもしれない。けれど串本さんの周辺を嗅ぎまわる人間が出現し、これまた鬱陶しい。止めさせるために挑発的な物言いに出た。

紘人の推理を聞き、佑作は「うーむ」と腕を組み直した。自分より一歩も二歩も進んでいるではないか。

「なるほどねえ」

「感心しないでください。ぼくは考えたり思ったりしただけで、じっさいの行動に出たのは鶴川さんです。いろんな人から話を聞いて、お通夜では律子さんに詰め寄って、静寂会にも乗り込んだ。あの奥さんたちも、エントランスですみれちゃんかもしれないと気付き、そこからは一歩も引かなかったんですよね。呼び止めたのは沼田さんや管理人さんで。みんなほんとうにすごいです」

くったくのない笑みと共に言われ、褒められ慣れていないので居心地が悪い。不審者を見過ごさなかった沼田さんと管理人さんはさすがであり、我が子に限らず、子どもを守ろうとする奥さんたちの気概も素晴らしいが。そして、そういった他者の働きに気付く紘人も頼もしい。

「君さ、学校にはもう行かないの？　会社にはもう行かない人間が聞いてるんだから、ちゃんと答えなくていいんだけど」

「それが、親のところにいるとなんとなくの圧迫感があって、先週から登校してるんです。犯人逮捕の現場にいたり、警察の事情聴取を受けたりしていたら、学校くらいなんでもないやと思えて、まず一日。遠巻きにしているやつらの反応が面白くてまた一日。そしたら話しかけてくるやつがいてもう一日。そうなるともうすぐ春休みで、三年になると選択授業がほとんどで、いろんなことがどうでもよくなる感じです」

「そうか」

　無理しなくていい。でも、少しくらいの無理は、した方がいいときもある。

　佑作はうなずいた。彼に向かって。そして自分にも。このマンションの日々にも。お世話になった人たちにも。

　うなずいて立ち上がる。窓辺に歩み寄り、サッシの窓を開けた。こちらのベランダからの眺めは緑の公園だ。桜が咲き始めた。新しい季節が始まる。これから春になるたびに、野に咲く可憐な小花を思い出すだろう。そのとき悲しくなるのではなく、励まされるような、温かい気持ちになればいいなと思う。

背後の頭ひとつ上の位置から、同じものを眺める彼は、何を思っているのだろう。答えはこの先、彼自身が届けに来てくれたら愉快だが。今はただ、ふたりして窓からの風を浴(あ)びている。

解説――ミステリーの系譜をふまえた心温まる物語に喝采

ブックジャーナリスト　内田　剛

　なんと濃密な5日間なのだろう。人間関係がもたらす妙味をものの見事に描ききった、実に上質なミステリー作品だ。ざらついた違和感から始まり、畳み掛けるようなサプライズ。事件の真相に迫るほど疑惑は膨らんでいく。張り詰めた緊迫感の中で、続きの展開が気になってまったく目が離せなくなる。小気味よいテンポでどっぷりと深く物語世界に引き込むテクニックは尋常ではなく、軽やかだが決して読み飛ばすことができない。著者の、人の営みを見つめる眼差しは確かでまったく揺るぎないのだ。

　タイトルの『ドアを開けたら』から細やかに仕組まれた構成の巧妙さにも驚かされる。目次を追いかけただけでも、第一章の「まずはチャイムを押してみる」に続くのは「今度はノックを」。どうやら部屋の中が不穏らしい。ドアの向こうで何が起きているのか気になるが、第三章「カップ麵をすする」からは腹が減っては戦ができぬというコミカルなシーンも想像できる。最終の第十章「ちょっとはその気に」に至るまで二転三転する群像劇が繰り広げられることが目に浮かぶ。実際に読んでもその通り。当たり前の毎日に絶妙なスパイスを与えてくれる人間ドラマが展開するのだ。

　主人公・鶴川佑作（54）は横須賀のマンションに暮らす独身男性。何気なく借りたカメラ雑誌を返すために同じ5階に住む70歳を過ぎた友人の串本英司を訪ねたところ、インターフォンを押しても返答なし。鍵もかかっておらず心配して部屋に入ると、お茶を用意し来客対応中と思われる様子で串本が亡くなっていた。ある事情があって翌日までは遺体が発見されると困る佑作。遺体を放置したまま、警察へ通報せずに部屋に戻る様子を高校生・佐々木紘人に撮影されており脅迫を受けることに。翌朝、思い直して通報しようと覚悟を決めた佑作が紘人とともに部屋を訪れると、あったはずの遺体が消えていた。なんとも奇妙で興味をそそられる導入部である。

　佑作と亡くなった串本から感じるのは一筋縄ではいかない年配男性の悲哀だ。会社や家族などそれぞれに語り尽くせない過去がある。そして互いに孤独を抱えながらささやかに寄り添う、遠い親戚よりも近所の友人といった関係性だ。親子ほど年の違う紘人もまた人知れず悩みを抱えている。年齢や境遇などまったく関係なく、人は誰もが十字架を背負って生きているのだと痛感させられる。そして喪失の痛みや孤独の哀しみを癒やすのは人間同士の触れ合いや、かけがえのない絆である。

　最も強調したい読みどころは、世代も異なるまったく縁のなかった佑作と紘人が、独居老人である串本の死から派生した謎の真相を追いかけるうちにやがて特別な関係となる展開だ。不協和音といえる最悪の第一印象から始まって転調を繰り返しながら、臆病でのんびり屋の佑作と頭脳明晰でクールな紘人のコンビはやがて見事なハーモニーとなる。カップ麺をすするシーンや交わす言葉づかいの変化など、二人のやり取りを眺めるだけでも興味深い。手がかりを得るために管理人や世話焼きの住人、マンションを訪れる人などから話を聞くが、肉声を積み上げることによってモノクロの世界が鮮やかに色づいてくる。人と人との融合でしか起こり得ない化学反応。その圧倒的な人間味こそ、大崎梢文学の真骨頂といえよう。

　この物語にはある事件も絡んでくるが、あらゆる罪には事情がある。犯人の根源的な悪意ではなく理不尽な社会や過酷な環境が事件を生み出してしまう。人間は生まれつき善意を持っているという確信が伝わってくる。大崎作品において人間的な、とりわけ未来のある子どもたちに対する優しさや温かさは隠しようがないのだ。

「隠す」といえばストーリーの序盤の肝となるのが死体が消えてしまう謎だ。目撃者は複数いる。一体誰が、何のために死体を隠さねばならないのか。死体隠しは古今東西を問わずミステリーの王道でもある。映画でいえばアルフレッド・ヒッチコック監督の傑作「ハリーの災難」が真っ先に頭に浮かぶが、スペイン映画「ロスト・ボディ」のリメイク版である韓国映画「死体が消えた夜」の大ヒットも記憶に新しい。翻訳書でもジョルジュ・シムノン『メグレと消えた死体』やキャサリン・ホール・ペイジ『アパルトマンから消えた死体』が定番。国内に目を転じても森村誠一『死媒蝶』、道尾秀介『向日葵の咲かない夏』、歌野晶午『長い家の殺人』、森博嗣『有限と微小のパン』など枚挙に暇がない。本格ミステリーの系譜をしっかりと踏まえつつ、この著者にしか描けない長所を堪能できる一冊が『ドアを開けたら』なのである。

　著者の大崎梢についても述べておかねばならない。いまや押しも押されもせぬ人気作家となっているが、２００６年のデビュー直前まで書店員だったことでも知られている。個人的な話で恐縮であるが、約30年間、書店員だった自分にとっては特別な存在の作家だ。デビュー作『配達あかずきん』を含む『晩夏に捧ぐ』、『サイン会はいかが？』は「成風堂書店事件メモ」シリーズとして人気を博した。舞台は本屋で書店あるある満載。書店員たちの謎解きも鮮やかな「本格書店ミステリー」の看板で店頭でも激推しした記憶も懐かしい。

　新刊発売の折には著者の書店訪問や、インタビュー記事の対談相手などでお目にかかる機会にも恵まれたが、作風をまったく裏切らないお人柄の良さにますますファンになってしまった。店長をしていた某店舗時代には著者を見出した伝説の編集者・戸川安宣氏（当時・東京創元社顧問）を迎えて「書店とミステリ」というテーマでイベントを開催。これまた忘れがたき思い出である。

　デビュー時から、こんなに売りたい作品、知ってもらいたい作家にはなかなか巡りあえないと興奮しつつ応援してきた。大崎作品はとにかく読後感も素晴らしく共感ポイントしか見当たらないが、その原点は本屋にあることは想像に難くない。書店は老若男女さまざまな利用者が訪れる、まさに人間交差点のような場所。扱う本や雑誌も多岐にわたり、日々新しい刺激に満ちた情報が溢れている。接客の場面もクレージーな瞬間があれば、ほっこりするひと時もある。まさに書店店頭は謎だらけ。リアルに謎が生まれて解決する瞬間に立ち会ってきた元書店員・大崎梢の描く謎には嘘はないのだ。

書店だけでなく本や出版業界を題材にした代表作も多い。「出版社営業・井辻智紀の業務日誌」シリーズである『平台がおまちかね』と『背表紙は歌う』。他にも『本バスめぐりん。』や『めぐりんと私。』など、本に対する愛情に満ちた著作が目立つ。良き物語は人が人間らしく生きていく上で、絶対になくてはならないもの、つまりライフラインである。本と人とを真っ直ぐに繋ぐ大崎梢は、いま最も信頼のおける作家といっても過言ではないだろう。

この物語の舞台は、とあるマンションである。「隣は何をする人ぞ」という句があるように、付き合いはなくても身近な存在であればあるほど無性に気になる。個人を尊重しプライバシーを最優先させることは現代社会の生きづらさの象徴とも思えるが、集合住宅に住んでいても近所付き合いは乏しくなる一方。誰ともすれ違わない日も珍しくなく、わずかな気配や生活音から想像する隣人たちの日常。表札のない家々。締め切った窓。音もなく車は走り、電車に乗ってもまったく同じように携帯端末を凝視する人々。新型コロナウイルスの蔓延で、ソーシャル・ディスタンスという新たな生活様式が、さらに人間同士の生身の交流をしにくくさせてしまっている。だからこそ本書のように、人肌の体温が伝わってくるような人々の交流が身に染みるのだ。

『ドアを開けたら』は固く閉ざされている心の扉を軽やかに開けてくれる、かけがえのない物語。こういう時代に手軽な文庫版として世に送り出されたことに意味がある。読み終えたらノックは無用、ぜひこのストーリーの余韻を仲間たちと語り合いたい。そんな気分にさせられた。そう、これは誰のものでもない僕らの物語なのだ。

（この作品『ドアを開けたら』は平成三十年九月、小社より
四六版で刊行されたものに、加筆・訂正したものです）

一〇〇字書評

切り取り線

購買動機（新聞、雑誌名を記入するか、あるいは○をつけてください）	
□（　　　　　　　　）	の広告を見て
□（　　　　　　　　）	の書評を見て
□ 知人のすすめで	□ タイトルに惹かれて
□ カバーが良かったから	□ 内容が面白そうだから
□ 好きな作家だから	□ 好きな分野の本だから

・最近、最も感銘を受けた作品名をお書き下さい

・あなたのお好きな作家名をお書き下さい

・その他、ご要望がありましたらお書き下さい

住所	〒				
氏名		職業		年齢	
Eメール	※携帯には配信できません	新刊情報等のメール配信を 希望する・しない			

この本の感想を、編集部までお寄せいただけたらありがたく存じます。今後の企画の参考にさせていただきます。Eメールでも結構です。

いただいた「一〇〇字書評」は、新聞・雑誌等に紹介させていただくことがあります。その場合はお礼として特製図書カードを差し上げます。

前ページの原稿用紙に書評をお書きの上、切り取り、左記までお送り下さい。宛先の住所は不要です。

なお、ご記入いただいたお名前、ご住所等は、書評紹介の事前了解、謝礼のお届けのためだけに利用し、そのほかの目的のために利用することはありません。

〒一〇一―八七〇一
祥伝社文庫編集長　清水寿明
電話　〇三（三二六五）二〇八〇

祥伝社ホームページの「ブックレビュー」からも、書き込めます。
www.shodensha.co.jp/bookreview

祥伝社文庫

ドアを開(あ)けたら

令和 4 年 4 月 20 日　初版第 1 刷発行

著　者　大崎 梢(おおさきこずえ)

発行者　辻　浩明

発行所　祥伝社(しょうでんしゃ)

東京都千代田区神田神保町 3-3
〒101-8701
電話　03（3265）2081（販売部）
電話　03（3265）2080（編集部）
電話　03（3265）3622（業務部）
www.shodensha.co.jp

印刷所　萩原印刷
製本所　ナショナル製本
カバーフォーマットデザイン　芥 陽子

本書の無断複写は著作権法上での例外を除き禁じられています。また、代行業者など購入者以外の第三者による電子データ化及び電子書籍化は、たとえ個人や家庭内での利用でも著作権法違反です。
造本には十分注意しておりますが、万一、落丁・乱丁などの不良品がありましたら、「業務部」あてにお送り下さい。送料小社負担にてお取り替えいたします。ただし、古書店で購入されたものについてはお取り替え出来ません。

Printed in Japan ©2022, Kozue Ohsaki ISBN978-4-396-34800-7 C0193

祥伝社文庫の好評既刊

大崎 梢 **空色の小鳥**

その少女は幸せの青い鳥なのか？ 亡き兄の隠し子を密かに引き取り育てる男の、ある計画とは……。

恩田 陸 **不安な童話**

「あなたは母の生まれ変わり」――変死した天才画家の遺子から告げられた万由子。直後、彼女に奇妙な事件が。

恩田 陸 **puzzle〈パズル〉**

無機質な廃墟の島で見つかった、奇妙な遺体！ 事故？ 殺人？ 二人の検事が謎に挑む驚愕のミステリー。

恩田 陸 **象と耳鳴り**

上品な婦人が唐突に語り始めた、象による殺人事件。彼女が少女時代に英国で遭遇したという奇怪な話の真相は？

恩田 陸 **訪問者**

顔のない男、映画の謎、昔語りの秘密――。一風変わった人物が集まった嵐の山荘に死の影が忍び寄る……。

近藤史恵 **カナリヤは眠れない**

整体師が感じた新妻の底知れぬ暗い影の正体とは？ 蔓延する現代病理をミステリアスに描く傑作、誕生！

祥伝社文庫の好評既刊

近藤史恵　茨姫はたたかう

ストーカーの影に怯える梨花子。整体師合田力との出会いをきっかけに、初めて自分の意志で立ち上がる！

近藤史恵　Shelter〈シェルター〉

心のシェルターを求めて出逢った恵といずみ。愛し合い傷つけ合う若者の心に染みいる異色のミステリー。

近藤史恵　スーツケースの半分は

あなたの旅に、幸多かれ――青いスーツケースが運ぶ〝新しい私〟との出会い。心にふわっと風が吹く幸せつなぐ物語。

坂井希久子　泣いたらアカンで通天閣

大阪、新世界の「ラーメン味よし」。放蕩親父ゲンコとしっかり者の一人娘センコ。下町の涙と笑いの家族小説。

柴田よしき　ゆび

東京の各地に〝指〟が出現する事件が続発。幻か？　トリックか？　やがて〝指〟は大量殺人を目論みだした。

柴田よしき　Vヴィレッジの殺人

女吸血鬼探偵・メグが美貌の青年を捜しに戻った吸血鬼村。そこで起きた、絶対不可能な殺人。名推理やいかに⁉

祥伝社文庫の好評既刊

柴田よしき　ふたたびの虹

小料理屋「ばんざい屋」の女将の作る懐かしい味に誘われて、今日も集まる客たち……恋と癒（いや）しのミステリー。

柴田よしき　観覧車

行方不明になった男の捜索依頼。手掛かりは愛人の白石（しらいし）和美。和美は日がな観覧車に乗って時を過ごすだけ……。

柴田よしき　クリスマスローズの殺人

刑事も探偵も吸血鬼？　女吸血鬼探偵メグが引き受けたのは、よくある妻の浮気調査のはずだった、のに……。

柴田よしき　夜夢（よるゆめ）

甘言、裏切り、追跡、妄想……愛と憎しみの狭間に生まれるおぞましい世界。女と男の心の闇を名手が描く！

柴田よしき　貴船菊の白

犯人の自殺現場を訪ねた元刑事。そこに貴船菊の花束を見つけた彼は、事件の意外な真相に気づいてしまう。

柴田よしき　回転木馬

ひたむきに夫を追い求める下澤唯の前に現れる、過去に心の傷を抱えた女性たち……。希望と悲しみが交錯する。

祥伝社文庫の好評既刊

柴田よしき　竜の涙　ばんざい屋の夜

恋や仕事で傷ついたり、独りぼっちになったり。そんな女性たちの心にそっと染みる「ばんざい屋」の料理帖。

小路幸也　うたうひと

仲違(たが)い中のデュオ、母親に勘当されたドラマー、盲目のピアニスト……。温かい歌(ストーリー)が聴こえる傑作小説集。

小路幸也　さくらの丘で

今年もあの桜は美しく咲いていますか――遺言により孫娘に引き継がれた西洋館。亡き祖母が託した思いとは？

小路幸也　娘の結婚

娘の結婚相手の母親と、亡き妻との間には確執があった？　娘の幸せをめぐる、男親の静かな葛藤と奮闘の物語。

石持浅海　扉は閉ざされたまま

完璧な犯行のはずだった。それなのに彼女は――。開かない扉を前に、息詰まる頭脳戦が始まった……。

石持浅海　Rのつく月には気をつけよう

大学時代の仲間が集まる飲み会は、今夜も酒と肴(さかな)と恋の話で大盛り上がり。今回のゲストは……!?

〈祥伝社文庫　今月の新刊〉

大崎　梢
ドアを開けたら
マンションで発見された独居老人の遺体が消えた！　中年と高校生のコンビが真相に挑む！

安達　瑶
傾国　内閣裏官房
機密情報と共に女性秘書が消えた！　官と民の癒着、怪しげな宗教団体……本当の敵は！

法月綸太郎
一の悲劇　新装版
二転三転する事件の裏に隠された、驚くべきトリック！　誘拐ミステリ史上屈指の傑作！

いぬじゅん
君を見送る夏
どんでん返しの達人が描く「君の幸せを願う嘘」。優しさと温かさに包まれる恋愛小説！

小杉健治
一目惚れ（ひとめぼれ）　風烈廻り与力・青柳剣一郎
忍び込んだ勘定奉行の屋敷で女に惚れた亀二は盗人から足を洗うが、剣一郎に怪しまれ…。

門田泰明
奥傳（おくでん）　夢千鳥（ゆめちどり）（上）
新刻改訂版　浮世絵宗次日月抄
金には手をつけず商家を血の海に染めた非情な凶賊に怒り震える宗次。狙いと正体は？

門田泰明
奥傳（おくでん）　夢千鳥（ゆめちどり）（下）
新刻改訂版　浮世絵宗次日月抄
宗次の背後で不気味な影が蠢く中、商家襲撃犯が浮上する。正体なき凶賊に奥義が閃く！